FLORET
READING

小花阅读

我们只写有爱的故事

青春阅读　幸得相见

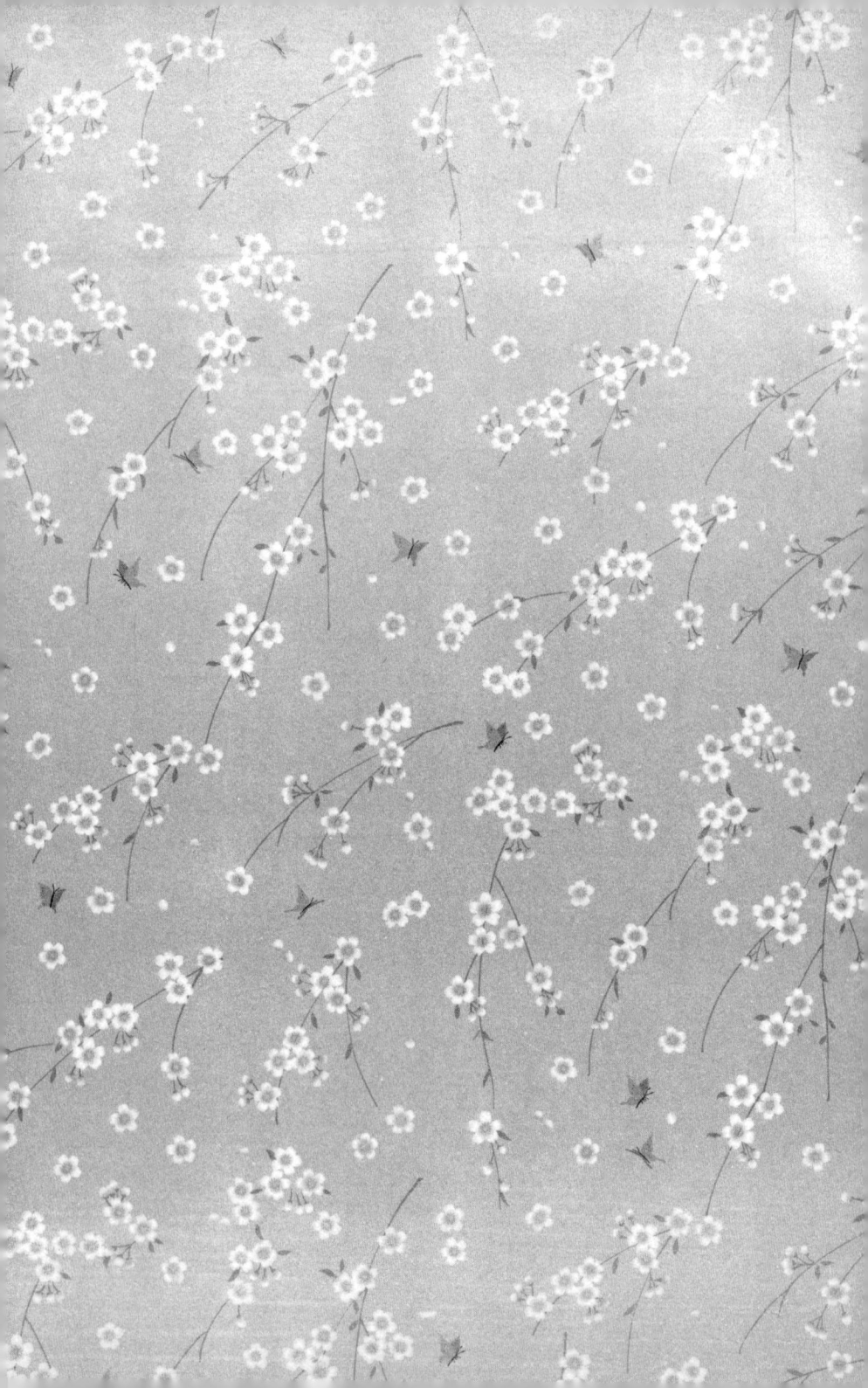

他比春风更美好

TA BI CHUN FENG GENG MEI HAO

森木岛屿 / 著

贵州出版集团
贵州人民出版社

·作者简介·
ZUOZHEJIANJIE

森木岛屿

| 小 花 阅 读 签 约 作 者 |

文艺敏感的双鱼女,慢热性子但内心渴望朋友。
喜欢阅读,视书如命,属于半吊子文青。
不说年岁,梦想永远十八岁,
最大的理想就是一生与文字为伍,不离不弃。

已上市:《南风向晚》

/ 前言 /

可能你不快乐，可我要你快乐

写这个故事的时候，我们刚刚搬到了新公司，忍不住再感叹一句：新公司真的很漂亮呀！

猥琐十八（为了强调自己嫩的子非鱼）总会在我耳边嘶号："三个人的办公室，寂寞如雪啊！"然后下一句就是，"我们晚上吃什么？"

吃吃吃，就知道吃！

好吧，我们同居了，还有直男属性的海殊小（da）姐（ge）姐（ge），听说少女混合融入逗比因子遇热后会产生奇怪的反应，生成高纯度神经病以及间歇性中二病。

嗯，我们三只证明了这个实验。

继海殊小姐姐的速冻饺子事件之后，某天，可能是因为我和猥琐十八在楼下的小摊上吃得太多了吧，神经系统兴奋过度，深夜一起刷牙的时候，敷着面膜的懒癌海殊小姐姐坐在床上远程指挥我们帮她关下灯。

然后——

疯狂的两只少女冲进房间开始大笑。（Excuse me？）

是的，就只是为了让海殊小姐姐的面膜破功，在毫无笑点的情况下，我们也成功地把自己笑成了傻瓜，期间猥琐十八还因为笑抽而以极其猥琐的姿势瘫在了墙角。海殊小姐姐的面膜毁没毁我不知道，但是据我观察，她因为憋笑已经受了重度内伤。

可能需要亲亲、抱抱、举高高才能好起来吧？

所以，深夜切忌让年轻貌美又无敌可爱的少女们跨入房间，因为你永远不知道她们的杀伤力有多大！

这个故事就在搬公司、搬家、四周年活动等种种大事件，以及同居后的无数琐碎小事之中完成了。于是，万事追求完美百般挑剔的千帆小姐姐、重情重义伪高冷的景琛大哥哥、嘻嘻哈哈的清爷、心机蠢萌的骆骆，也终于在种种经历之后，对许多事情有了新的认识。

很多时候就是这样,在你以为会一帆风顺的时候,会突然有致命重击,或者是在你以为道尽途殚,意志消弭的时候,会突然有新的契机出现。

凡此种种,都是无法预料的事情。

所幸,故事里的每个人都遇到了合适的那个人,写完之后也偶然察觉,就好像,一个人的一帆风顺与另一个人的道尽途殚相中和,刚好可以换得一个平和美好的结局。

因为遇见你,所以想要摒弃所有的不愉快,想要战胜所有的负面情绪,想要变成更好的样子。

现实里或许远不如小说情节那般凑巧,也有更多让人手足无措的瞬间,但是也因为这样,未来才有更多未知的惊喜,永不绝望,那些你所渴望的总会在不知不觉中降临你身边。

森木岛屿

目录

CONTENTS

001 | 第一章 /
素质是个好东西,你最好也能有。

017 | 第二章 /
你一直这副样子下去,纤纤就会回来了吗?

030 | 第三章 /
你是不是就打算这么混一辈子啊?

039 | 第四章 /
你作为一个大男人,懒懒散散地靠着刷脸吃饭,就不会觉得愧疚吗?

057 | 第五章 /
原来,这个家伙也有不那么强势又一本正经的时候。

069 | 第六章 /
重要的是,她总敢直接与陆景琛对峙。

085 | 第七章 /
今天的事情,我给你一个解释的机会!

目录

CONTENTS

100 | 第八章 /
这脸真好看啊,如果紧紧抿起的嘴角也能松下来的话,会更好看。

113 | 第九章 /
所以……那天就……一时起了色心?

126 | 第十章 /
所以,你去死好不好?

137 | 第十一章 /
所以,"判官"的下一个目标是你?

148 | 第十二章 /
说什么为我好,不过是为了方便你自己吧?

162 | 第十三章 /
这里又湿又冷,走吧,带你换个地方哭?

175 | 第十四章 /
所以陆景琛,发生在我身上的这些事情到底是怎么回事?

目录

CONTENTS

183 | 第十五章
谁要抢走他，谁就得死。

195 | 第十六章
这种消息你连想都不想一下，直接就过来？

213 | 第十七章
他闭上眼睛，忽地觉得胸腔里有一股暖流升腾。

227 | 第十八章
遇到身边这个人之后，她变得像个小女生。

244 | 第十九章
陆景琛，那就一起死好了！

259 | 尾声
因为是你，我才知晓余生的意义。

265 | 番外一
这年头，狗粮也能吸粉。

272 | 番外二
乱入的"小心心"。

第一章

TABICHUNFENGGENGMEIHAO

素质是个好东西,
你最好也能有。

"传统图案?在现代服装设计中的应用?"

答辩现场一片寂静,只剩下老吴嘲讽的声音,他坐在台下,草草翻看一眼阮千帆的论文,"啪"的一声将论文狠狠地摔在桌子上。

"内容空洞,纸上谈兵,老魏的得意弟子,怎么?你们魏老师就教给了你这些吗?"

台下唏嘘一片,都忍不住替阮千帆捏一把汗。

老吴同老魏资历相当,而这些年下来,老魏处处压老吴一头,这次又荣升副院长一职,而老吴空有博士头衔,如今也不过是普通讲师,长久以来,他心里难免积怨,又不好发作，只好借由答辩的事情为难老魏最引以为傲的学生来发泄。

"老师您想多了，魏老师教给我们的当然不止这些。"

阮千帆丢下手里的鼠标，蹲下身打开一个袋子，在她从袋中将礼服拿出来时，赞美声立刻在全场炸开。

她手里的刺绣礼服做工精良，典雅大气，与身后PPT上所展现的设计构想完全一致，礼服上绣有大朵金龙图案，裁剪恰到好处，后摆装饰有蝴蝶状祥云纹路，整个衣服看上去磅礴华美又不失温婉柔和，在还原中国传统图样的同时兼具现代简约风格。

"只是，"她依旧保持微笑，"实力展示的层次要根据欣赏者水平而定不是吗？就像《拉德斯基进行曲》不会放在麻辣烫小摊上，是吧？"

她从来不是那种肯轻易低头示弱的人，更何况，她有实力傍身，更不可能容许自己去做老吴和魏教授之间恩怨纠葛的牺牲品。

"胡闹！"老吴气得面色紫红，"你这是哗众取宠！"

"我的论文阐述到此结束，谢谢各位老师！"

阮千帆认真地鞠躬致谢，看都没看一眼还在发脾气的老吴，头也不回地大步迈出教室。

"看来贵校真的是人才济济啊,林校长!"

门外的两道身影将这一切尽收眼底,站在左边的男人负手而立,望着阮千帆离开的背影许久,饶有兴趣地弯了弯嘴角。

"让您见笑了。"校长一时有些猜不透对方的心意,尴尬地摸了摸谢顶的脑袋,连笑声都沾染了几分局促,"黎总时间宝贵,投资合作的事情我们去办公室谈吧?"

黎牧遥收回视线,略微低头,嘴角的笑意更加浓重。

他即将出任 O.M 总经理一职,一时兴起过来了解下招聘的情况,却没想到碰巧目睹答辩现场的争执。

尽管在任何一个成年人眼里,那个女孩子的举动都难免有些冲动与不成熟,但黎牧遥看得出来,她对于服装设计的认真,以及骨子里那种固执与不屈。最重要的是,她眼睛里闪烁着自信的光芒,而这种东西,是只有本身具备卓越能力的人,才会毫不刻意地渗透在举手投足间。

或许他能在这场意外里,捡到一块宝。

黎牧遥看着外面阴沉的天气,眼里反倒多了几分期待。

"同学,麻烦在后边排队好吗?"

阮千帆一路狂奔过来喘着粗气,好不容易排到队伍里,却碰上几个强行插队的男孩,她顿时黑了脸。

前面几个男孩看都没看她一眼,踮着脚急着将简历往前丢。

这是最后一场校园招聘,等到答辩结束就要面临毕业离校,工作还没有着落的毕业生几乎将全部希望寄托在了这场招聘上,抱着成沓的简历穿梭在各个招聘展位之间,颇有病急乱投医的架势。

"扑通"一声。

阮千帆收回脚的瞬间,周围人的视线全部聚拢过来。

只见插队的一个男孩双膝着地,双手正以前扑的姿势贴在地上,攥在手里的简历也皱成一团,刚好露出被扭曲了的寸照。

"素质是个好东西,你最好也能有!"阮千帆理了理耳机线,语气淡淡。

男孩从地上爬起来,不好当众发作,只恨恨地剜了她一眼。

一个小插曲过去,排成长龙的队伍很快又恢复吵吵嚷嚷的状态,阮千帆握着不停振动的手机,有些不耐烦地按下接听键:"所以,沉思琳,你真的确定要用那双做设计的手去餐厅端盘子洗碗吗?"

"你这种想法是有问题的。"

沉沉还在那边强词夺理，但语气里仍透着激动："阮阮你快点行动起来，我的大好前途可就交在你手上了，千万记着，不要有职业歧视，哈哈！"

"这不是职业歧视……"阮千帆踮踮脚，目光掠过周围一群疯狂投递简历的女孩子，懒得再跟她争论，一副恨铁不成钢的语气，"真的没救了啊你们。"

"阮阮，话不能这么说，"沉沉在那边开口，"你队伍里的人头数，已经充分说明'味谷'餐厅有多火，能加入他们，前途不可估量好吗？更何况，我们家胡子大叔帅到爆炸，指不定我就成了老板娘呢？到时候江山美人……啊呸，江山美男都是我的！"

"沉沉，你看看天，黑了没有？"

"嗯？没有啊！"

"那你做什么白日梦！"

"……"

"味谷"是最近炒得很火的一家网红餐厅，口碑相当不错，但阮千帆怀疑这完全是靠所谓的老板"胡子大叔"的颜值所支撑起来的。

可无奈的是沉沉偏偏吃这一套，削尖了脑袋想进入"味谷"，好和老板近距离接触，最好能一举拿下老板娘的宝座。为此她不惜三番五次地在餐厅与C大之间折腾，以至于拖到论文交稿的最后期限才迟迟返校，被老教授当场骂了个狗血淋头，直接将她的论文推迟到二辩。

即便这样，沉沉还是不死心，人留在打印店里修改论文格式，心却已经飞到了招聘现场，死缠烂打让阮千帆帮她排队递简历过去。

阮千帆看着队伍里一群女生花痴的模样，叹了一口气重新插上耳机，屏幕里关于O.M集团的介绍让人移不开眼。

O.M集团，全球500强知名服装企业，汇集了世界各地优秀设计师，旗下有诸多国际一线服装品牌，堪称整个服装行业的风向标，也是阮千帆梦寐以求加入的公司。

她昂了昂头，望了望校长办公室的方向，透过窗户，隐约还能看见那个人的身影。

原本阮千帆计划着，结束论文答辩之后，带着简历和自己制作的样衣应聘O.M的设计师，却没料想，衣服反倒在被老吴为难的答辩现场派上了用场。更令她意外的是，一场答辩风波，正好被来学校谈合作的黎牧遥看中自己的能力，直接邀请她进入O.M参与下半年的时装展。

人生简直堪称完美。

所以，能力还是解决一切问题的根本所在嘛！

阮千帆勾了勾嘴角，将自己已经不需要的那份简历丢进垃圾桶，整个人心情大好。

"后边的小可爱们，麻烦排下队……哎哎哎，美女，简历放这边！"

最前边穿白色薄款运动外套的男生，正挥着手臂有条不紊地热情招呼着，棕色的头发加上一张娃娃脸，标准的小鲜肉配置，时不时捋一把耷拉下来的头发，露出看上去人畜无害的无辜笑容，却依旧掩饰不住那种奸商得逞的狡诈。

这架势！

是"助理"呢，还是"经纪人"呢？

阮千帆扯了扯嘴角，不屑的表情展露无遗，她从来不看好这种靠颜值来积攒人气的所谓"网红"餐厅。花无百日红，实力才是真本事。

正想着，下一秒，肩膀上落下重重一道力度。

几乎来不及反应，阮千帆只觉得身体被人推了一把，整个人重心不稳，眼看就要朝后摔下去，重点是，她的身后一侧正是废弃已久的喷泉水池。

阮千帆下意识地挣扎，余光里瞥到刚刚插队的男生坏笑着离开的身影，她咬着牙竭力稳住身形。

身后却撞上一堵坚硬的胸膛，余光里落入一只修长的手臂，随着衣料轻微的摩擦声响，有混合着水汽的风划开她身侧的沉闷空气。

"嘶！"

她忍不住低呼一声，头皮传来一阵钻心的疼痛，偏偏扯着她头皮的那股力度还在继续，扯得她半仰着脸后退两步，倒吸一口冷气，倒转的视线里才落入一道黑色的影子。

察觉到她的动静，他慢慢回过头来，目光落在被身后背包拉链钩住的女人的长发上。阮千帆还在胡乱地撕扯，越是着急越是乱成一团。

"噌"的一声脆响。

一道漂亮的弧度划过，干脆利落，她还没有反应过来，一绺细长的黑发落地，他手里的军刀已经收起。

阮千帆回过神来，摸着断口整齐的一撮头发，脸色变得难看："难道没有人教过你未经允许，不能擅自处理别人的东西吗？"

男人仿佛没有听见一样，并没有回头。

阮千帆不依不饶，追上两步扯住他的衣角，因为动作太急，捏在手上的手机被甩开，耳机线也脱落，不知道点到哪里的新闻报道溢出屏幕：

"……据记者了解，5月7日早上6时17分左右，于晋东省延江市尤安街在建商场施工场地附近发现一具男性尸体，死者身着黑色西装，从高楼坠落身亡，室内无打斗痕迹，尸体表面也未见其他明显损伤，疑似自杀身亡……"

前边的人影明显僵了一下。

天气阴沉得越发厉害。

大片的黑云压下来，空气里满是暴雨来临前的闷热，连树叶都无精打采地耷拉下来，让人不由得多了几分烦躁。

"至少也要有说声抱歉的素养吧？"阮千帆紧紧揪住对方的衣角，不肯罢休。

他回过头看她。

他的头发湿漉漉一片，耷拉在额前，露出半张略显苍白的脸，坚挺的鼻翼下嘴角轻抿，透露着倔强的隐忍，消瘦的下巴上附有一层细密的胡楂，为整个人添上一种野性的落拓。

阮千帆有些怔住，魔怔般偏头去看他的眼睛。

天空骤然划过一道刺目的闪电。

像是从那双眼睛里迸裂而出。

映着一束小小的白光，那对分明的瞳孔中透出异常骇人的死寂，带着几分冷冽与凌厉，藏有太多化不开的浓重情绪。

紧接着巨大的雷鸣声响起，"轰隆"一声巨响，似乎整个天穹要崩裂开来。

豆大的雨点铺天盖地地砸下来，阮千帆猛地缩了缩脖子，回过神来。

雾气氤氲的雨幕中早已经没了人影。

天空黑压压一片，雷声滚滚，她后知后觉地察觉到萦绕在鼻尖的那个人身上的气味，有些刺鼻。

"……自杀原因尚不明确，据了解，该男子生前曾因工作与多名同事发生争执，也曾表露出消极情绪，目前不排除工作压力原因，具体情况警方还在进一步调查之中……"

手机里的新闻报道还在继续，阮千帆蓦地浑身一个激灵。

那个人身上的味道……

不知道是不是错觉，她竟然嗅到腐烂变质的刺鼻气味。

狗腿"经纪人"匆匆忙忙地从她身边经过，看着她古怪的表情，一脸莫名其妙……

"你发什么呆呢？"沉沉从身后拍了阮千帆一下，然后顺着她的视线看过去。

看到刚刚转进大楼里的一黑一白两道影子，沉沉了然地戏谑道："阮阮啊，你身体比嘴巴诚实很多嘛，说不屑于颜值这种东西，还不是被勾了心魂？就清爷这点道行，阮阮，看来你定力还是不够哦！"

阮千帆没有说话。

沉沉看着阮千帆这副失魂的样子，不禁笑出声来。她大剌剌地一把拥住阮千帆，回头瞥一眼大楼，然后颇有义气地拍了拍阮千帆的肩膀，兴致盎然："清爷那种道行的小妖精根本算不得什么。走，我带你去看看我们家胡子大叔，让你知道什么是真正的大神！"

阮千帆没来得及反对，就被拖着朝主楼方向小跑过去。

"我这主意不错吧？"

杜清野从窗户探出头去，看着招聘现场热烈的气氛，再回头加快步子追上几步，满脸骄傲："保守估计，今天之后，你微博涨粉五六千！"

他一副求表扬的模样，见对方没有反应，干笑两声又继续补充道："我们餐厅的知名度将再次迎来一个大幅度提升，用不了多久，'味谷'就能走出晋东省，全国连锁，火遍亚洲，冲上国际一线！"

这白日梦做得！

沉沉对着杜清野的身影翻了个白眼,可望向另一个人的时候,眼睛里却满是爱心。察觉到阮千帆不屑的目光,她只好抬手按下阮千帆的脑袋,小声嘱咐:"往后往后,等会儿脑袋露出来被人发现了!"

很明显,最前边的人影并没有被杜清野的白日梦影响到,他迈着步子头也没回。
周围弥漫着更浓烈的尴尬气氛。
杜清野似乎已经习惯,两三步追过去,浮夸地鼓了两下掌,大概算是自我激励,然后毫不弃馁地继续说道:"我们餐厅的营业额……"
"嘿嘿嘿,营业额这个问题……"他身体略微后倾,故作潇洒地抹了把头发,"笑话!这还算是问题吗?"
仍然没有人搭理他。
"你今天……"他刚想拍马屁刷下存在感,开口的瞬间忽然注意到面前人湿得透彻的衣服上,瞬间变了脸色,"不对,你今天干什么了?怎么这副模样,等会儿还得去见你的粉丝们……啊呸,应聘者啊!"
所谓招聘,根本不是"味谷"的真正目的,不过巴掌大的餐厅,哪至于为了三个根本无关痛痒的职位而百般折腾呢?
既然是网红餐厅,知名度当然是赖以存活的根本,而在这个看脸的时代，老板"胡子大叔"才是活招牌。打着校园招聘的旗号，老板亲临现场，收获一大批迷弟迷妹，当然，主要还是迷妹，再利用她们喜欢散播八卦的特质，口口相传，"味谷"的名气走出晋东省，传遍全国自然是指日可待。

这才是杜清野真正的心思，而他，也俨然将这次招聘做成了小型的粉丝见面会，单看外面一群颜控少女翘首以待老板出场的样子就知道。

而今，活招牌一副落水模样，怎么拎得出去拉客？

杜清野上前一步，提溜着他的衣袖，捻去上边的几根草屑，像狗一样耸动着鼻子嗅了嗅，然后捏着鼻子迅速退开，满脸嫌弃："什么情况，你去吃死鱼了吧？"

后者懒懒散散的样子依旧一言不发。

"陆景琛！"杜清野终于有些忍不住，敛了笑正色道，"过去这么久了，就连苏伯父伯母都可以走出来，你为什么就不能好好的呢？你看看你现在成什么样子？就当行行好替我考虑下好吧？我既要上班，还要打理'味谷'，兼任你的二十四小时贴身管家和保镖，比女朋友都称职，你倒是跟我说，我还要怎么做才能拉你……"

有风吹进来，空气里飘浮着夏季雨水的味道，两个人之间陷入冗长的沉默。

"啧啧啧!我早就说了嘛,清爷跟我们家胡子大叔关系不一般,他们俩真的有情况……"躲在角落里的沉沉将这一切尽收眼底后,得出了这个结论。

她一脸发现重大八卦的神秘与得意,又再次伸手,强行拽住一直想走的阮千帆,然后突然想起什么来一样:"怎么样啊阮阮,我们家胡子大叔是不是帅到惨绝人寰?你有没有注意到,他身上有种说不出的强大……"

"馊臭味?"

……

沉沉一副吞了苍蝇的表情,她还没说出口的"气场"两个字,就这样被阮千帆卡在了喉咙间。

"他是什么人?"

"'味谷'老板啊!"沉沉脱口而出,顺便像看白痴一样瞄了阮千帆一眼,看阮千帆并不满意的模样,她又故作神秘地压低了声音,"其实,当然还有别的身份!"

阮千帆迫不及待地追问:"什……"

"嘘!"沉沉捂住她的嘴巴,朝杜清野站的方向望了望,猫着腰拉一把阮千帆,朝外边溜出去,"当然是……"

阮千帆的好奇心已经达到了顶点,眼睛亮晶晶的。

"阮阮！"

一道尖亮的声音划破一室寂静，骆深举着两个文件袋冲到角落里的阮千帆面前。

门口的两道视线瞬间聚集在鬼鬼祟祟的阮千帆和沉思琳身上，尴尬的氛围迅速晕染开来。

"那个……"沉沉红着脸直起身子，试图解释，"清爷，我们是胡子大叔的粉丝，刚刚才跟过来的，什么都没有听到……"

杜清野无奈地扶额。

"素质是个好东西，你最好也能有。"

清冷的声音响起，有人将这句话原封不动地还了回来，没有指名道姓，甚至没有正经地看她一眼，但阮千帆觉得像被人狠狠甩了一巴掌，脸颊火辣辣地烧得疼。

"嗯嗯……我们知道了！"

沉沉红着脸吞吞吐吐，然后躬了躬身子，拖着阮千帆就溜。

杜清野看着陆景琛的背影，再回头淡淡地扫一眼楼梯口的方向，无奈地勾了勾嘴角，他也终于体会到明星被跟踪、被偷拍的感觉了啊？

传他和陆景琛的八卦也不是第一次了，随便她们怎么想，就算是炒作吧。算了，反正他的目标是发展好他们餐厅的事业。

手机疯狂振动。

杜清野瞥一眼屏幕，迟疑好久，才很不耐烦地接起电话。

"队里都忙疯了，你小子还有心思看妞，再不给老子滚回来……"

那边震天的嗓门吼得他耳朵轰鸣，他迅速将电话移开很远："没事我先挂了。"

太平盛世，最多不过是一些小偷小摸，他杜清野堂堂七尺男儿，整天处理这些有的没的，简直就是浪费人才好吗？

杜清野看了一眼陆景琛，心想，自己可是要成为面前这种大神探的人，只有重案组的事情才配得上他清爷！

偏偏队里每次都只安排给他一些整理资料、破解一下电脑文件之类的琐事，而侯队受老杜之托，喊他回去的时候也都会是这样的开场白。

听惯了队长这种威胁的废话，杜清野也实在懒得应付，揉了揉耳朵，默默地将电话移得再远一些，伸手就要挂断。

可下一秒，他突然变了脸色。

"第四号'判官'出现了！"

第二章
TABICHUNFENGGENGMEIHAO

你一直这副样子下去,纤纤就会回来了吗?

"啊!"

尖厉的女声几乎贯穿了整栋寝室楼,阮千帆放下手中画到一半的图纸,无奈地揉了揉额角:"一百多斤的人了,能不能稳重点?"

"阮阮阮阮,这可是O.M啊?"

沉沉宝贝似的接过骆深手里的文件夹,绕整个寝室转了一周,激动得像是O.M向自己抛出了橄榄枝一样:"没想到啊没想到,阮阮你竟然瞒着我们给O.M投了简历,说,你跟骆骆两个人是不是商量好的要一起来着?"

"我仿佛嗅到了什么奸情的味道!"

"不不不，是即将涌来的成堆金钱的味道……"

其他几个室友做出一脸陶醉的模样，相互打闹调笑着。

阮千帆戴着耳机，还在为那件出丑的事情尴尬，相较于无比激动的室友她显得有些索然无味。

"行啦你们，"骆深笑着收起入职合同，回过头看着阮千帆，"你什么时候也给 O.M 投了简历啊？"

"没有。"

闹哄哄的寝室突然陷入一片寂静，所有人一脸不可思议的模样盯向骆深——那你这合同从哪儿拿的，不会是搞错了吧？

"O.M 校招今天结束啊，人事部那边通知我过去拿合同来着，有名有姓不会有错的！"骆深看出她们的想法，一本正经地解释。

有一丝莫名的诡异气氛掠过。

骆深满脸狐疑地又看了一眼文件夹上面的信息，然后听见阮千帆补充的声音："答辩之后黎总找过我。"

几个人的表情更加难以形容，似乎捕捉到了更为震惊的讯息，全都一副"你接着说啊"的表情。

"他就说，凑巧看到了我的答辩，很欣赏和看好我的设计，问我对 O.M 下半年的时装展有没有兴趣。"

阮千帆接过沉沉手里的文件夹，顺手撕开："我说可以试试。"

"厉害了我的阮阮!"沉沉倚在桌边,发出更激动的感叹声,"哎……不过你的论文怎么办?你那么怼老吴,他肯定不会善罢甘休的。"

"沉沉,你忘了阮阮是谁的爱徒来着?"

骆深端起杯子,恨恨地喝了一大口水:"有他们家魏副院长在,老吴能拿她怎么样?"

"是!"说起老魏,阮千帆忍不住笑了,"老魏跟我说了让我不用怕,答辩场上自由发挥,展示自己的实力就好,善后的事全部包在他身上,哈哈!"

"阮阮……"沉沉拥着阮千帆的肩膀露出奸诈的笑容,"你这么厉害,我会给你投毒的哦!"

"你放心,她那种金刚,百毒不侵!更何况,在你动手之前,老魏会替他的得意弟子直接收拾了你!"骆深模仿着老魏做出凶狠的模样,冲到沉沉面前张牙舞爪。

"没办法,实力所在,老魏偏爱!"阮千帆直起身子,配合性地摊开双手,做出一副无奈的欠揍模样,"只不过,我也还是老魏的脸面呢,哈哈!"

末了,她又回头看一眼骆深:"骆骆,马上就是同事了,你要继续加油啦,让姐姐带你飞!"

听到最后一句话的时候,骆深脸上的笑褪了两分。

阮千帆和骆深打包行李准备正式前往O.M报到的那天，黎牧遥的车子停在了C大女生寝室楼下。

他穿一件宽松的灰白色棉质T恤，没有了往日里威风凛凛的肃穆，只是站在车边百无聊赖地刷着手机，偶尔笑的时候眼角微微上挑，倒衬得整个人多了几分温和的随性，一时间吸引了不少目光。

"阮阮，黎总人怎么样啊？我想到要和他一道去公司，就有些……"骆深跟在阮千帆身后，拖着行李箱从寝室出来。

话没说完，手里的行李忽地一轻，骆深抬头就看见黎牧遥正伸手接过她硕大无比的行李箱。

她有些脸红："黎总好。"

他笑着微微点头，另一只手又去拎阮千帆的行李，却被阮千帆轻易避开："没关系，我自己来。"

像是证明什么一样，她往前飞奔两步，一个用力将行李丢进了车后备厢。

黎牧遥像看到了什么有趣的事，眼里的笑意愈加深邃。

他在C大留了三天，确定好合作的相关事宜之后就要动身直接前往公司，又因为时装展在即，阮千帆的入职时间安排得紧，所以他打算顺便带阮千帆同行，骆深因为同阮千帆一起的缘故，自然也搭了便车。

"怎么我觉得你们俩都有点怕我？"他开了车门，侧身让她们进去，脸上的笑意不减，"怕我做什么，我大不了你们几岁，也还算不得'怪蜀黍'之类的吧？"他大概心情不错，随口开着玩笑活跃气氛。

"没有。"骆深坐定，在后视镜里对上黎牧遥的眼睛，不自觉有些脸红，"黎总人挺好的。"

"是吗？"黎牧遥别过眼看了看昏昏欲睡的阮千帆，笑着抿了抿嘴。

C大与O.M虽然同省，但开车过去也要六七个小时，阮千帆有上车就昏睡的习惯，她没有心思去与人攀谈，倒也不刻意勉强，兀自倚着车背闭了眼睛。

初夏的夕阳褪去燥热，沉沉坠落，车子驶入冗长的隧道，昏黄的路灯一路倒退，在玻璃上落下层层斑驳的光影，再从隧道穿出的时候，天空已染上墨色。

杜清野苦想着案子的事情，但好半天下来仍然没有什么头绪，他颇为苦恼地揉了一把头发，瞄了瞄副驾上插着耳机懒懒散散的人影。

"景琛，'第四号判官'的案子，你怎么想？"

也不知道陆景琛有没有听进去，闭着眼睛一言不发。

"有没有可能,是凶手故意模仿四年前的案子来混淆视听呢?"杜清野别过脸说出自己的揣测,"或者,根本就只是自杀,附近是在建商场嘛,有什么涂料啊之类的东西也很正常,会不会只是凑巧呢?"

"第四号判官"案——

据调查,死者周毅,二十八岁,延江市本地人,建筑工程师,尤安街建筑项目负责人。尸体于5月7日早上6时17分在尤安街在建商场附近被发现,面部已经变形,有多处粉碎性骨折,但全身上下并未见明显人为损伤,经勘查确定,死因为高楼坠落头骨碎裂。

引起警方注意的是,尸体面部被人涂上红叉图案,而死者手机里也发现有一条预兆短信:"你有罪,现做死亡宣判。"

这与四年前的三起"判官"案如出一辙,但案情至今尚不明确,为避免引起不必要的恐慌,警方暂未公布这一情况,只由得外界做自杀猜想,而警队内部却为此急破了头。

四年前的"判官案"中看似自杀的幼儿园园长、学生娄甄、出租车司机,背后却是有人借助网络舆论等途径蓄意而为,当时陆景琛耗费了不少心力,才一举侦破,三名凶手中两人伏法,一人自杀。

而今案情重现,如果真的不是模仿作案,那也就代表着当年的案件并未完结,尚有漏网之鱼。至于幕后操纵者究竟还有几名,又是否还会继续作案,这都是毫无头绪的事情,无异于在延江市埋下了不定时炸弹。时隔多年,当年的案件负责人陆景琛又已经离职,再想从头查清,并非易事。

侯队心里更是比谁都清楚。

他也知道杜清野这小子对重案组的事情最是积极,整日缠着陆景琛讨教侦查事宜,所以这次借这件案子叫他回去,一方面是因为杜老爷子的嘱咐,更主要的原因是希望借他来说服陆景琛重新参与案件的调查,也好快一些破了案子。

杜清野自然是不清楚侯队的小算盘,但追着陆景琛讨论案子却也是少不了的。

"如果真的是四年前有漏网之鱼,那为什么嫌犯要隔这么久才出来作案呢?难不成这种事情还要休息?"杜清野瞥一眼身侧的人,继续说,"而且,前三个'判官'针对的都是的的确确犯过大错的人,而周毅的情况侯队他们已经查过了,他个人能力还算不错,经手的项目没有出现过问题,也不存在受贿牟利之类的情况。景琛,你说,如果真的是'判官'案,那这次是因为什么罪名才做的死亡宣判呢?"

"至少得有作案动机吧？就像前三个'判官'，当然，纤……"还在自言自语的杜清野忽地想到什么，蓦地止住。

旁边假寐的陆景琛一直没有出声，却在听到最后几个字的时候，眼皮轻微地颤了一下。

"景琛啊……"杜清野摸了摸鼻子，转移话题，"有没有觉得，我现在对案子的推理已经比以前好很多了？你再多教教我啊，等我们俩这次回去，兄弟上阵，凶手伏法还不是分分钟的事儿，对不对？"

"这是你的事。"

陆景琛坐直身子，面无表情地盯着车窗外一闪而过的风景，淡淡地应了一句，没有丝毫要与杜清野讨论案子的打算。

"啊？"杜清野有些意外，"你不打算回队里调查吗？景琛，这可是判官的案子，你就不担心是四年前的事情没有查彻底吗？就当是为纤纤报……"

"我饿了。"陆景琛不耐烦地打断他的话，神色多了几分厌倦，"你专心开车！"

"陆景琛！"

杜清野踩一脚油门，车子飞一样飙出去，他不自觉地提高了音量，声音里有难以隐忍的愤怒："你真的就打算这么一辈子混吃等死吗？这不是一般的小偷小摸，是活生生的人命，人命你知道吗？你明明有能力的，为什么要坐视不管？"

"有没有能力是我的事。"他别过头去没看杜清野。

"我的事，你的事？陆景琛，怎么到这件事情上就分得这么清楚了呢？"杜清野有些气急败坏，努力平复了下心情说，"我知道你心里放不下，但是陆景琛，都说了四年前的事情是意外，你一直这副样子下去，纤纤就会回来了吗？如果你真的放不下，就更应该查清楚案子，把那些自以为是的所谓'判官'都绳之以法，不然还会有第二个第三个苏清纤——"

"嘎！"

一声紧急的刹车声过后，杜清野的声音戛然而止。

前面的车子毫无征兆地中途停下，杜清野眼疾手快第一时间踩了刹车，虽然没有酿成严重的事故，但惯性作用还是让他们的车跟前车发生了剐蹭。车内两个人也都齐齐前倾，陆景琛脑袋"哐当"一声撞到副驾前面的储物箱，趴在那里半天没有动弹。

杜清野看着从前面车上下来站在路边开始吵架的小情侣，忍住骂娘的冲动，小心翼翼地晃了晃陆景琛的肩膀"景琛，你没事……"

话一出口，他脸色立刻凝住。

太过熟悉的场景，四年以前也是这样的初夏，两个人外出执行任务遇上车祸，不仅让嫌犯逃脱，也……

周遭陷入良久的沉默，只剩前面那对情侣隐隐约约的激烈争吵声。

"清野你说，她当年临死的时候，在想什么呢？"梦呓一般，陆景琛突然开口。

他缓缓地抬起头来，额前磕出一片通红，下颌凌厉的弧度映在朦胧的夜色里，眼神里透出死寂清冷。

如果她当年没有死在那场意外事故里，如今的陆景琛，恐怕已经是警界响当当的风云人物了吧？而她可能依旧会是动不动黏在他身后无理取闹的小姑娘。争吵也好，笑闹也罢，至少她尚在，总归会是不一样的吧？

杜清野没有说话，长长地叹一口气。

"咚咚咚"的几声，车窗被人用力拍响。

阮千帆是被撞醒的。

她靠在后背上半梦半醒，时不时听见骆深跟黎牧遥低声闲聊的声音，然后突然一股力道，让躺靠在后座的她直接往前摔出去，整个人直直撞上前座的靠背。

突然的急刹车，让胃里一阵翻涌，她顾不上撞得生疼的鼻子，直接捂着嘴下了车干呕了几声。

一阵凉风吹过，她摸索着打开一瓶水漱了漱口，冰凉感从喉咙一路滑到胃底，她意识也清醒了几分，心里的怒火也一点点地蹿上来。

然后分辨出前边争吵的声音。

"你们撞到车子这是事实，不想承担责任你们就都别想走！"

女生不顾男朋友的拉扯劝说，自顾自地环抱着手斜靠在车尾叫嚷着，一头染白的长发在风中凌乱飞舞，搭配着红色的长指甲，映在昏暗的路灯下显得异常诡异，像极了走错片场的女鬼。大概是因为刚跟男友吵完架的缘故，她撒着怒火一副不肯罢休的泼妇架势。

对比之下，试图与她讲理的骆深在气势上就弱了许多。黎牧遥虽然急着赶路，但作为一个大男人明显不太好插手，无奈地站在马路边上看着面前的疯子撒泼取闹。

阮千帆仰头喝了两口水，缓过劲儿来，直直冲过去，这才看到被车挡住的杜清野，以及站在他身后一如既往沉默的陆景琛。

奈何三个大男人被一个泼妇拦在了路上。

阮千帆不屑地看了看满脸愤慨又无奈的杜清野，然后颇有气势地将骆深拉到身后，活动活动手腕："大姐，你记不记得有句话怎么说来着？好什么挡还是不挡什么来着？"

对方显然被突然冒出来的她闹得有些摸不着头脑，下意识地顺着她的话就接下去："好狗不挡道？"

说完以后她才反应过来自己着了阮千帆的道儿，有些恼羞成怒地冲过来："你这人怎么骂人呢？"

说着怒气上头，挥着一只血红的魔爪就要呼过来。阮千帆下意识去躲，黎牧遥伸手去拦，杜清野冲过来拽住她的手腕："你这人怎么打人啊？"

几个人拉扯成一团，一时间情势有些混乱，阮千帆没能躲开，被指甲钩到耳朵，只觉得耳后火辣辣地疼。

"行了。"陆景琛从杜清野的钱包里摸出几张钞票递过去，然后拽一把杜清野，"走吧！"

"怎么？撞了车还有理了？"女生明显是有些得寸进尺，她没有伸手接钱，反而微微仰头，迎着灯光打量自己血红的指甲，"想用这点钱了事是吧？打你怎么……"

话音未落，"啪"的一声，她整个人忽地趔趄着后退两步，左侧脸颊上赫然印上五只手印。

"打你怎么了？"

阮千帆补上对方刚刚没来得及说完的话。

因为太过用力，收回手的时候只觉得掌心一阵发麻，她揉了揉手，接着在一干人惊诧的目光中从包里摸出纸巾。她淡定地擦了擦耳下，发现并没有出血后才放心下来："好在没有出血，也不用去打狂犬疫苗了。"然后，从尚未回过神来的女生手里一把夺过车钥匙。

"忘了告诉你，我这双手可是拿过刀的。"

她颇为嚣张地走过去，很快发动车子开到了路边上。

留下原本张狂的女生和其余几个人都愣在原地，面色复杂。

和陆景琛擦肩而过的时候，阮千帆伸手拽住他的衣角，很是得意地仰了仰脸，一副教训的模样："哑巴大叔，顺便教你一下，像这种事情，钱是解决不了的，越是想躲，对方越会蹬鼻子上脸。"

陆景琛盯着一脸认真的阮千帆，目光落在她的双手上，眉头微微皱起来。

良久之后，他才将重点放在她之前的一句话上，扒拉下拽住自己的那只手，单手拎起来："你这双手握过刀？"

"剪刀啊。"阮千帆满脸的理所当然。

"扑哧"一声，杜清野没忍住笑出声来。

第三章

TABICHUNFENGGENGMEIHAO

你是不是就打算这么混一辈子啊？

O.M 最近忙成了一团，新总经理刚刚正式到任，下半年时装展又即将到来。

所有人都打起了十二分精神，生怕一不小心，新官上任的三把火就烧到了自己头上。而下半年的时装展更是让人焦头烂额，O.M 一直主打时尚潮流风，这次却要进行一次全新的尝试，整场秀从布局到服装都将融入中国风元素。

许多细节问题都要做出相应的变动，所以作为负责人之一的阮千帆更是忙晕了头，从刚进公司熟悉基本业务流程，到后面了解时装展的各种详细资料，刚刚入职她就已经连续加班了近一周。

"小晏，服装展现场拟定邀请嘉宾名单发给我一份！"

"阿青，联系下Donna，她的图纸要修改！"

"C系列的样衣今天出来，可可你去跟一下！"

阮千帆将事情逐一嘱咐下去，转身进了办公室，继续埋头于桌上成堆的设计图纸与不同的纹样对比中，末了她又转头盯着屏幕，快速滑动着鼠标翻看时装展的备选模特。

大多是一些当红的影星与年轻模特的照片，满脸的胶原蛋白，各种颜色的头发，连鼻翼的高度、侧脸的棱角都惊人的一致。每一张照片拎出来都是海报，每一张脸都无可挑剔，可毫无辨识度可言，几十上百张照片看下来，阮千帆几乎要怀疑自己其实是重度脸盲。

她翻看的速度越来越快，表情越来越不耐烦。

她已经否决掉三批模特人选，公司里一群老员工对她的做法早已经不满得厉害，只不过看在黎牧遥的面子上才一直没有发作。可是模特的事情如果再不尽快解决，不说没法向老员工交代，就连时装展的进度可能都会被影响。

她颓然地叹一口气，看着骆深送过来的最新一批模特人选，无比头疼地揉了揉额角。她需要的，是一个兼具颜值和气场的出色模特，对方甚至可以不专业，但一定要可以同时驾驭传统与时尚两种元素风格……

颜值和气场！

她眼睛忽地亮了亮。

"师傅，去'味谷'餐厅！"
阮千帆火急火燎地跑下楼，拦下一辆出租车钻了进去。

晚上十点多，"味谷"餐厅依然人满为患。
店里冷气打得很足，橙黄色的灯光映着不停走动的身影，衬出一派热闹的气氛。门外尚排着半长的队伍，几个女孩子聚在一起，时不时踮着脚朝里面吧台的方向看两眼，低下头再悄悄议论几句。
最里边的吧台内侧，老板一副懒散的模样靠坐在那里，黑色的连帽衫反搭在身上，遮住了大半张脸，辨不清神色，身形彪悍的阿飞站在外侧，正好阻止了一群迷妹跃跃欲试的冲动，像极了称职的保镖。
可还是有大胆的姑娘不肯死心，端着一杯酒赖在吧台边上，言语轻佻，想尽各种办法试图引起对面人的注意力。费尽心思对方依旧无动于衷后，她有些没了耐心，随手从钱包里抽出一沓人民币拍在桌子上："喂，这些小费都给你，能不能……"
这次她话还没有说完，一直闭眼假寐的人忽然动了动，伸手接过钱丢给旁边的阿飞，眼皮也不抬一下地说了句"阿飞,还不谢谢客人给小费!"

阿飞讷讷地补上一句:"谢谢!"

姑娘还没来得及说出口的要求,就这么硬生生地被堵了回去,一张小脸气得通红,却也毫无办法,只好狠狠地跺了下脚来撒气。

阮千帆默默地看了会儿,觉得好笑。

正踌躇着要怎么越过排成长龙的队伍,就见有人风风火火地蹿过队伍,一路直奔吧台冲进去。

阮千帆眼疾手快地立马跟在对方身后,在身后隐隐约约的抱怨声中穿过来人群,最后站在吧台旁边稳了稳气息。

"啪!"

"啪!"

两道声音同时响起,阮千帆和杜清野不约而同地抬眼对视三秒。

两张一模一样的邀请函被丢在陆景琛面前,右下角"O.M"的Logo在灯光下泛着亮晶晶的光芒。

"景琛……"

"陆……"

杜清野喘着粗气抓起旁边的水杯,刚刚灌下一大口水,在阮千帆同时开口的瞬间又将那口水直接喷了出来。

"景琛,你就说吧,约不约?就这两张破卡片,可费了不少工夫呢。不是我吹牛,这一张卡片都抵得上我们十个'味谷'了,而且主要是它不是有钱就能搞到的……"

杜清野胡乱揉一把棕色的头发,不动声色地将阮千帆的邀请函推到一边,然后将自己的往陆景琛面前再递了递,再回过头看向阮千帆的时候,笑得有些嘚瑟。

"喊!自己都说了是破卡片,有什么了不起?"

刚刚收了盘子的小灿偏着头瞥了一眼,颇为不屑地递过去一个白眼:"拿着你那破卡片去找妹子吧,我们老板——不约!"

"哎,我说你这小丫头怎么说话呢!"

杜清野随手拿起一份菜单就要丢过去,小灿歪着脑袋快速溜走,还不忘回头做一个鬼脸给他:"老板!不约!"

杜清野作势要追过去,吓得小灿撒腿就跑。

"陆景琛,我这边有一个绝好的机会想要找你合作。"

阮千帆上前一步,拉开罩在陆景琛脸上的衣服,从包里摸出名片放到他眼前,"O.M你知道吧?我是今年O.M时装展的负责人阮千帆,这次来找你是想邀请你做时装展主模,薪酬待遇这方面你可以先提要求,我会联系公司那边,尽可能满足……"

"没兴趣。"

陆景琛懒洋洋地起身，然后趴着桌子又重新睡下去，眼皮都不带抬一下的，倒是在一边的杜清野听到这个消息后双眼发光。

"景琛，"杜清野重新将两张邀请函捏在手里，晃着脑袋瞥一眼大厅里的女孩子，压低了声音，"时装展上可全是绝色美女，你考虑考虑！"

"要是对美女没兴趣的话，"杜清野笑得更瘆人，"美男也是有的，对吧？"

他转头看向阮千帆的时候，脸上的笑容瞬间变得狗腿，俨然一副看到金主的样子："听说这次秀融入了中国风元素，撑得起台面的，颜值都……"

他自恋地指了指自己，抬头却看到一大帮目光留在陆景琛方向的女孩子，又默默地垂下了手臂，有些不甘心道："好吧，颜值……最起码都在我之上！"

陆景琛闭了闭眼睛，转过头换了个方向继续睡。

小灿看到这一幕，从后厨探出头来，满脸幸灾乐祸的样子。

"陆景琛你起来！"阮千帆看不惯他这副铁了心混吃

等死的模样，莫名有些来气，上前两步拽了把他的衣角。

阿飞从旁边过来，目光落在阮千帆的动作上，蹙着眉头就要上前，却被杜清野一个眼色给拦下来。

要是真有人能激怒陆景琛，难保不是一个新的转机呢？也总比他一直这样颓废下去要好得多。

杜清野推着阿飞往旁边让了几步。

阮千帆用了力气，试图将陆景琛拽起来："你是不是就打算这么混一辈子啊？找一份正经的工作要比你现在这个样子好太多吧？有什么条件你可以提出来啊，按照O.M的水平，我们都可以……"

"什么条件都可以？"

陆景琛忽然抬起头来看她，他的眼睛湿漉漉的，有种深邃的美。

阮千帆怔了一下："都可以。"

杜清野眼睛也亮了，巴巴地等着陆景琛的后话。

"看到那里了吗？"

陆景琛抬手指着门口的方向："闭嘴，然后出去！"

杜清野的希望还是落了空。

"老板今天可以……"结完账捧着小票过来打算合影的小女生，看着忽然发怒的陆景琛，有些尴尬地临时改了口，

"签个名吗?"

安抚客人的情绪最重要。

杜清野先抛下对峙的两个人,接过女生手里的小票,笑嘻嘻地带着她先去旁边等,并且保证帮她拿到陆景琛的签名送到她手上。

"咳咳咳……"

杜清野再回来的时候,气氛还是有些紧张,他壮着胆子过去拿开阮千帆的手,好让陆景琛先脱身:"景琛,要么,先在小票上签名?"

气氛并没有任何缓和。

杜清野也懒得再劝和,索性破罐子破摔,反正自己今天来送邀请函也是另有目的:"好吧,景琛,我也直说了。"

他收起手头的邀请函丢进抽屉里。

"侯队说了,这次的案子很有可能与四年前的案子有关,所以我还是希望你能……"

"我不是凶手,也不是死者,你们有找我这时间,还不如回去多研究下现场情况。"陆景琛从阮千帆那里收回视线,轻飘飘地丢下一句,然后捡起掉在地上的外套拎在手里,转身就要上楼。

"陆景琛,我昨天跟着侯队去见过死者的女朋友了,应该说是未婚妻。"杜清野提高音量冲着楼梯口喊道,"她承认两个人有过争执，但两个人在一起近二十年，也已经准备结婚，她很后悔那些争吵和无理取闹的时候，你扪心自问，真的可以对'判官'案无动于衷吗？"

陆景琛站在楼梯转角处顿了顿。

餐厅里此起彼伏的音乐声很快将杜清野的声音湮没，也不知道陆景琛究竟听进去了几分。

但阮千帆捕捉到他眼底一闪而过的复杂情绪，看着他抓着手里的外套上了楼梯。

杜清野不死心，还想再追上去，门口警灯闪烁，传来一声震天吼："杜清野，你小子还想不想混饭吃了？"

他扯了扯僵硬的嘴角，无奈地停在了原地。

第四章
TABICHUNFENGGENGMEIHAO

> 你作为一个大男人,懒懒散散地靠着刷脸吃饭,就不会觉得愧疚吗?

杜清野是被侯队绑上车的。

杜老做了一辈子生意,在整个晋东省都早已站稳了脚跟,只等着将庞大的家业交给宝贝孙子,就去安享晚年,哪里料想到这浑蛋小子半道上跟着陆景琛报了警校,死活不肯插手半点生意上的事情。

杜家世代从商,没成想到了杜清野手里却忽然变了道儿。

放着偌大的家业不管,这小子偏偏赖进警队里做起小文员的工作,成日里追着陆景琛打听研究重案组的事情。

杜老从一开始的苦口婆心劝慰,到最后的软硬兼施逼诱，硬是没能将杜清野带回去。这两年老爷子也看得开了，不爱商场也罢，在警队里立点功劳也算是给老杜家增光了。

可因为四年前的一场事故，陆景琛辞职，这小子也跟着走了魂儿，又不肯在队里安生待着，三天两头往陆景琛的小餐厅里跑，俨然一副二老板的模样。

放着家里的生意不管，警队里的事情不干，天天跟在陆景琛屁股后边转，杜老爷子哪里容得他这么胡闹，千叮咛万嘱咐了世交侯队长看着他。这可倒好，老侯一整颗心全拴在杜清野身上了，这才刚追完嫌疑人，经过"味谷"也不忘进去抓人。

"侯队，你说你放着嫌犯不抓，总抓我干吗？"杜清野盯着手上的手铐哭笑不得，"松开松开，我不要面子的啊？快给我松开！"

餐厅里多是熟客，大抵已经见惯了这样的场景，都偷偷撇着嘴笑。

"闭嘴！"侯队长朝着杜清野吼了一句，有些丢脸地看了大家一眼，然后回头将杜清野丢给旁边两个人，"给我看好了，要是人溜了，你们今晚写一万字检讨！"

想了想，他又回过身来，附在杜清野耳边："与周毅有过争执的几个人都带回去做了笔录，你小子这几天别跑了，安安分分回去整理资料！"

"好说好说,你倒是先给我松开啊!喂……侯队!老侯!候叔……哎,景琛,陆景琛!"

侯队走到门口的时候,又回头看了一眼陆景琛,终究没有说什么,只默默地叹了口气。

"陆景琛!"

阮千帆三两步追上楼梯,伸手去拽他,却被站在一边的阿飞一个箭步冲过去拦住,餐厅里所有人的目光一瞬间全部聚集过来。

阮千帆并不在意,隔着身形健硕的阿飞固执地喊:"陆景琛,等一下!"

陆景琛嘴角抽了一下,来过"味谷"的人都知道,作为老板的胡子大叔是男神一般的存在,所谓男神,就是说只可远观不可亵玩。

虽然老板平日里懒得打理,整个人看上去有些邋里邋遢,但这并不妨碍他有一种类似于"洁癖"的怪症——拒绝与陌生人有任何肢体接触,甚至以他为圆心的一米半径范围内都是禁地,阿飞的存在似乎也证明了这一点。

所以大家虽然爱慕男神,但都很自觉地保持距离。

陆景琛也早已经习惯,因此对于阮千帆三番五次的靠近很难接受,又有些诧异她这样穷追不舍的倔强,他站在上了一半的楼梯上，冷着脸看她。

"陆景琛，你作为一个大男人，懒懒散散地靠着刷脸吃饭，就不会觉得愧疚吗？"

阮千帆重新将 O.M 的邀请函拿出来，准备递过去的时候碰到阿飞警惕的目光，只好怏怏地收了手，转而插在阿飞的上衣口袋里。

"这是 O.M 的内部邀请函，它的价值想必你朋友已经很了解了，成为 O.M 时装展主模是一件很荣耀的事情，至少远比你的所谓的网红餐厅要好太多，这次机会很难得，我希望你可以认真考虑下！"

"哦！"陆景琛淡淡地勾了勾嘴角，言语里的嘲讽展露无遗，"所以，你的意思是，从出卖颜值转行到出卖颜值加身体……"他刻意说得过分，又停顿了几秒，"就会显得比较高级？"

"你……"阮千帆有些被噎到。

小灿适时出来解了围，她向阿飞使了个眼色，阿飞立马跟着老板上了楼。

阮千帆被递过来的菜单挡住"我们老板身体不太舒服，您需要点什么东西，可以先在这边坐，稍微等一下！"

"我不是来吃饭的，有工作上的事情要跟你们老板谈！"阮千帆仍然不死心，但余光里察觉到周围投向自己的异样目光，有些尴尬地压了压声音，"我手里有一个很好的机会，如果陆景琛能同意，不仅不会影响你们餐厅的经营，而且会……"

"好的，我知道了，O.M 的嘛，我知道。"小灿歪着脑袋冲阮千帆了然一笑，然后半推着她去了内间的小包厢。

真是活得久了，什么人都能见到。小灿暗自叹一口气，不用说她也知道，这年头，真心来"味谷"吃饭的，没有几个人，哪个不是为了来找老板"谈谈"？只不过，今天这个妹子，方法真是够泼辣，说得有模有样的，要不是她在老板身边已经混了好几年，也真的会忍不住要劝老板去和这个妹子谈什么所谓的合作。

这种吸引老板注意力的方法，她给及格分！

只不过，她可不管那些，消费盈利才是王道，不然你们以为老板守着吧台，这张脸是白白给看的吗？

小灿露出好看的酒窝，了然一笑，将菜单推到阮千帆面前："好的，我知道了，您先点菜，我这就去跟老板说说好吗？"

阮千帆自然是没有再等到陆景琛。

自陆景琛上楼后便再没有看到他的影子，倒是阿飞隔着窗户偷偷朝里面瞄了好几次。一直到深夜,最后一桌客人都散去,阮千帆才气呼呼地结了账。

从"味谷"出来,路上已经没有多少人,城市里看不见几颗星星,只有昏暗的路灯落在地上,投射出影影绰绰的光斑。

"味谷"距离她住的公寓并不远,只是要经过一片空旷的篮球场。周围寂静一片,一阵风吹过,总有不知名的小虫偶尔发出细微的声响,阮千帆插上耳机,继续翻看和回复新邮件。

也不知道是不是错觉,她总觉得身后有断断续续的脚步声,可每次回头再去看,并没有任何人影。即便一向自诩天不怕地不怕的阮千帆,也忍不住有些心慌,她低着头不由得加快了步子。

脚步声越来越近。

"咚"的一声。

阮千帆本能地捂住鼻子,意识到自己撞了人后立刻忙着道歉,紧张的氛围也马上就松弛下来。

"没关系。"头顶传来甜美的女声,细细辨别的时候却有一点粗粝的杂音,像电流吱吱的沙哑。

阮千帆抬起头的瞬间,心跳骤然加快。

迎面的女生跟陆景琛以往的装扮倒是有几分相像。

她个子很高,整个人被黑色的外套包裹,头上戴了一顶压得极低的鸭舌帽,配上一个黑色的口罩,在炎热的夏天里也只露出了两只深邃的眼睛。

她应该是在笑吧?两只眼睛微微弯起来。

可总让人觉得有一些异样的骇人与蛊惑。

更为紧张的气氛弥漫开来,阮千帆觉得太阳穴突突直跳,她缓缓摘下右侧的耳机,脑袋有些发晕。

"你没事吧?"

女生上前一步,伸手扶住阮千帆的肩膀,然后微微仰头,朝着阮千帆走过来的方向看了看,有些了然:"是'味谷'老板的粉丝?熬夜去餐厅排队了?"

她的声音轻柔,有黏腻的甜美,语气里却带有一些自豪与嘲讽,还有一种说不出的成就感,就好像自己养的狗狗被很多人喜欢。

阮千帆越发觉得不安。

她竭力稳住身形,靠着最后的清醒意识摸索着手机,按下了报警电话,手指也已经放在了拨号键上,随时准备着应对意外状况的发生。

"你最好不要……"

阮千帆意识愈加模糊,彻底倒下去的前一秒钟,她迷迷糊糊地感觉到有人从身后扶住了她。

脑袋隐隐作痛，脖子也像被什么东西硌着一样，特别不舒服。

阮千帆的意识慢慢恢复过来，睁开眼睛的时候，首先映入眼帘的是一片黑色。她动了动脖子，小心翼翼地朝后移动些许。

"陆景琛？"她这才看清坐在她身边的人。

他没有回应，只是低着头认认真真地打游戏，屏幕里不断透出释放技能时的特效光亮，加上嘈杂的音效，几乎完全夺取了他的所有注意力。

阮千帆收回双腿，发现自己正以一个扭曲的姿势蜷缩在米白色沙发上，硌着她脖子的东西，正是一个充电器插头。

她捂着仍然有些痛感的脑袋打量四周。

屋子装修得极简约，入口处是黑色的楼梯，上面架着大小不一的绿色盆栽，映着暖色的灯光显得温柔而有生机。视线右移则是一面码得整整齐齐的书架，与它相对的是一个小小的衣橱，再往后是张灰白色的床，而她所躺的这张沙发摆在整间房子靠左的地方，临近楼梯。

这种装修风格，似乎有些熟悉？

再看一眼沉迷于游戏的陆景琛，阮千帆转了转脖子，所以，这里是"味谷"的二楼，陆景琛的住所？

"陆……"

游戏声戛然而止，陆景琛抬头，淡淡地看她一眼，然后继续投身于游戏之中："嫌命太长了就多去熬夜，反正工作做不完，哪天猝死了……"

楼梯口有匆匆的脚步声，他侧头望一眼："正好再给他增加点工作，免得太闲整天净多管闲事！"说完便站起身来。

刚踏入房内的杜清野，听见陆景琛这话，满脸茫然，愣了几秒钟后，他索性不再细问，厚着脸皮开始嘚瑟："大小姐你可得感谢我啊，昨晚要不是我及时出现，搞不好你就被什么野生动物生吞活剥了呢！"

他昨天被侯队带去队里整理资料，也借机研究了案情。

与死者周毅有过争吵的除了他女友以外，便是公司里的几个同事。据对方说，案发前两天，几个人曾与供应商那边有过饭局，在材料选择上因为报价产生过争执，周毅坚持不肯同意降低选材标准，这样其他几个人就没有办法从中拿回扣，当晚大家都喝了点酒，一时冲动就顶撞了几句，事后就各自回家。

算不得什么大事，其实周毅在公司也是出了名的固执，除了这一点以外，其他倒也还好，人际关系也还不错。几个人也都说，不可能因为这点事情就去动杀人的念头，而周毅能力强,更不可能因为这点压力就去自杀。

除此之外,队里对于他们的不在场证明也都去做了调查,除了动机以外,他们并没有作案时间。根据周毅收到的最后一条宣判短信去查,号码主人却是在读小学生,对方表示手机几天前遗失了,还没来得及去注销号码。

所谓的"第四号判官"也已经重新销声匿迹,杜清野虽然没有说服陆景琛参与案件调查,但还是想厚着脸皮去报备案件进展,总还想着从他那里得到些指点。

却没想到半路上遇到昏厥的阮千帆。

"野生动物?"阮千帆瞟了杜清野一眼,忽然想起来,"你昨天晚上没有看到一个穿着黑衣服的女生吗?"

"看到了啊,一个中二女醉鬼。"杜清野弯腰,将手里的托盘放在茶几上,"你直直晕倒在人家面前,吓得她酒都醒了几分,还以为大半夜撞上碰瓷的了!"

原来是喝多了酒啊。

阮千帆想起那双黑漆漆的眼睛:你最好不要……

最好不要什么呢?

她用力地甩了甩脑袋,一个醉鬼的话有什么好值得惦记的,看来最近真的是加班太久了。

"要不是清爷我路过,这才捡回了你,指不定你在荒郊野外被什么蛇神鬼畜生吞活剥了呢!"杜清野扬了扬下巴,得意地瞥一眼阮千帆,又说,"不用谢,叫我雷锋,刚才阿飞也来帮你看过了,就是劳累过度可能有一点低血糖,注意休息就没事了。"

堂堂省会延江市,虽说不是在市中心最繁华的地方,但也总不至于被什么野兽给生吞了,阮千帆默默地看着杜清野,这家伙可真是会给自己脸上贴金。

不过,陆景琛的这位贴身保镖阿飞可真的是全能!

想是这么想,阮千帆也没真的再和杜清野较真。

杜清野没再搭理她,回头将餐盘仔细摆放整齐,然后又冲着陆景琛笑着弯腰:"报告老板,您的消夜我已经准备妥当,请享用!"

"那个……"杜清野狗腿地凑过去,试探性地补上一句,"案子的事情,可以指点指点吗?"

"吃完没问题了,喊你朋友过来接你!"陆景琛起身,看也没看杜清野一眼,将盘子推到阮千帆面前,冷冷地甩下一句话,然后转身就要下楼去。

阮千帆见状,一下子从沙发上弹起来,冲过去一把拽住陆景琛,但由于起身动作太急,她整个人一个前倾半跪倒在地上。而陆景琛身上松垮的棉质睡衣，被她用力一带，露出大片胸膛，气氛顿时有些尴尬。

杜清野盯着他们两个人的姿势，各种表情在脸上揪成一团，憋着笑又不敢笑出声的样子扭曲到不行。

阮千帆强装淡定地起身，手上拽住陆景琛的力度却不减半分，还在惦记着工作的事情："你先别走，我之前跟你说的和O.M合作的事情，你还没有给我答案。"

"所以……"陆景琛的视线下扫，落在因为被用力拽着而敞开的前襟上，"阮小姐称职到，打算亲自动手检测我是否符合模特标准吗？"

阮千帆略微尴尬地摸了摸鼻子，稍稍减轻了力度，但依然没松开手。

还在看热闹的杜清野撞到陆景琛的眼神，立马识相地上前解围，只不过夹在两道同样凌厉的眼神里，一时间忽然想不出来要怎么开口，愣了好久："呃……"

"案子的事情你……"

"闭嘴！"

"闭嘴！"

两个人倒有了异口同声的默契。

阮千帆在"味谷"一直赖到了天亮。

一方面,她是为了再争取机会说服陆景琛参与O.M服装展的事情;另一方面则是因为骆深还在因为黎牧遥的事情跟她闹别扭,这会儿指不定还在气头上,她断然不可能在这个时候打电话要骆深来接自己。

杜清野在"味谷"过夜也已经不是一两次了,这次也是冲着眼下的案子,厚着脸皮蹲点,希望陆景琛能改变心意透露点想法,哪怕给点线索提示也行啊。

陆景琛可没这心思陪他们耗着,看着阮千帆吃完粥,两个人又没有离开的打算,他摆明了自己的态度后,也懒得再去搭理他们,自顾自地躺回自己的床上开始睡觉。

留下杜清野和阮千帆坐在沙发上大眼瞪小眼。

"你为什么非要找景琛做模特呢?"杜清野其实不太明白阮千帆的固执,国内外知名模特那么多,O.M又不是出不起这笔费用,阮千帆何必把所有心思耗在一个并不怎么出名的懒散网红身上呢?

"那你又为什么非要找陆景琛查案子?"阮千帆反问。全国上下那么多能人异士,警队又不是真的无人可用,杜清野又何必整日跟在一个靠刷脸维生的小老板身后,打听破案的事情呢?

正是凌晨三四点，天还没有亮起来，房间里冷气打得很足。

陆景琛舒舒服服地埋在一床被子里，时不时迷迷糊糊地伸手将温度调得更低一些，阮千帆和杜清野裹着薄薄的毯子窝在沙发上，时不时抽一把纸擦拭鼻涕，然后眼睁睁地看着陆景琛睡得酣香。

杜清野咬咬牙，扯了扯身上的毯子，打开话匣子："你别看他现在这副懒懒散散的颓废样子啊，其实可厉害着呢！"

提到陆景琛，他眼睛里都闪着亮光，满脸崇拜："我跟你说，我们高中的时候学理科，这家伙简直跟开挂一样，大小实验没有他搞不定的，酒精你知道吧？他鼻子凑上去就能分辨出是百分之多少的浓度，那几个老师都看得傻眼……"

若不是实在闲得无聊，阮千帆根本懒得听杜清野将面前这个裹在床上的蚕蛹吹得天花乱坠，她揉了揉发困的眼睛，打了个哈欠，又被身后的冷气吹得打了一个寒战："那后来呢，为什么变成现在这副模样？"

"你记得四年前闹得沸沸扬扬的那起'判官案'吗？说起来，我们现在手里在查的一件案子，很可能跟之前的案子有关系。不过我个人认为，也不排除模仿作案的可能。"

说到自己的想法，杜清野忍不住有些得意。

在看向陆景琛方向的时候，他眼里染上更明显的崇拜，说起以前的案子："四年前接二连三有人自杀，但事实上是有人刻意在幕后操纵。他们利用网络引导舆论，对一些他们认为犯了大错的人进行疯狂抨击，让当事人暴露在公众视线里，抵不过媒体甚至群众的批判攻击，最后那些人都难挡压力选择了自杀。"

杜清野难得老成地叹了一口气："你说，人活一辈子，谁还没犯点错了？那阵子整个延江市人心惶惶，生怕被'判官'盯上丢了性命。"

"警方压力有多大你知道吗？但因为幕后凶手根本没有直接动手，所以很难直接去追查，通过短信、网络定位到的IP地址之类的，查到最后，要么是那种根本不用身份证的黑网吧。要么是利用已经亡故但没来得及销毁的老人身份证入网，整个警队都急得睡不着觉，那时候像我这样的许多新人都才刚刚毕业，一点经验都没有，碰上这种案子简直就是通天难题啊……"

"然后呢？跟这懒家伙有什么关系？"阮千帆打断杜清野的啰唆。

四年前她还没有来这边读书，大概正专心致志地准备高考，对这些事情也不是很了解。

她想着杜清野说的话，然后抬头指了指床上的一团突起："难不成他是……"

"可不是吗？要不是陆景琛，当……"杜清野顺着阮千帆指的方向看过去，又遗憾地叹一口气，"如果不是发生了纤……"

被子被一把掀开，陆景琛一个翻身从床上坐起来，他的头发被蹭得凌乱，下巴泛着一层青色，睡衣耷拉着露出锁骨与麦色皮肤，脸上有着隐忍的怒气。

杜清野下意识地捂住嘴巴，脸色也变得有些难看。

"杜清野。"陆景琛下了床走过来，他身形高大，站在沙发前以绝对俯视的姿态对着刚才还在叽叽歪歪的两个人，"你今天话很多啊，怎么，跟女生在一起就兴奋到不知所以然了吗？"

杜清野垂着脑袋一言不发。

陆景琛又转过头去看阮千帆："冷气也吹不散有人陪聊的兴奋？待在这里的感觉好吧？"

他其实一直都没有睡着，裹在被子里装出一副睡得酣香的样子，又不断调低温度，也不过是为了让这两个烦人的麻烦精离开。可哪想到他们简直跟牛皮糖一样，怎么都赶不走，反倒挤在他这里开始聊了起来。

而杜清野不仅说起了他以前的事情，竟然连四年前的案子，都要开始一字不落地讲出来。

陆景琛闭了闭眼，倏忽间又无力地睁开。

不同于以往的死寂，他逆光而站，眼睛又黑又亮，带着隐隐的怒气与无奈，显得格外生动。

阮千帆陷在他深邃的黑色瞳孔里，仿佛明白了为什么嘻嘻哈哈的杜清野每次到了他这里，都能瞬间归于沉寂。

这个人有令人无法自拔的镇定魔力。

她更加坚定了劝服他加入O.M的决心，于是到了嘴边的话就变成了："所以，O.M主模，约吗？"

陆景琛的脸色变了又变，一时竟说不出话来。

坐在一边的杜清野耷拉着脑袋，看不清神色，但不停抖动的肩膀出卖了他没忍住的笑。

陆景琛赶不走别人，只好自己离开。他调高了空调温度，转身朝楼梯口走去，头也不回："闭上嘴巴老老实实去躺会儿，天亮了马上滚！"

杜清野立马抬起了头，望着一张大床的眼睛闪闪发光。

下一秒后领一紧，他被人从身后拽着磕磕绊绊地从沙发上掉下去，一直被拎着往楼梯口方向走去。

"陆景琛，你个禽兽，仗着力气大欺负人啊！"

"陆景琛，那张床还是我买的，凭什么不让我睡？"

"陆景琛……我也熬了几个通宵了,就让我去躺会儿,就十分钟,实在不行,我跟阮千帆挤一挤……啊……"

杜清野狼嚎的气势越来越弱,连声音也都慢慢远去。

阮千帆扑倒在软乎乎的大床上,看着楼梯口的方向,慢慢弯了弯嘴角。

陆景琛回头瞥了一眼。

酒有些烈,第一瓶见底的时候,他的脑袋已经有些沉,眼前出现朦胧的身影,然后又消失不见。他恍恍惚惚地朝楼上的方向看了一眼,那个女生固执张扬,到底跟她不一样啊,如果那时候,她的性格没那么偏激呢?就不会有后来的事情发生了吧?

可说到底,她的结局都是他一手造成的。

这些年来他不断地自我安慰与催眠,可是都没有办法给自己脱罪,那么一条鲜活的生命,拼尽全力地替他着想,可最后还是因为他而离开。

陆景琛仰头,另一瓶酒也迅速见了底。

第五章

原来，这个家伙也有不那么强势又一本正经的时候。

早上七点，太阳的热量还没散开，偶尔有几声叽叽喳喳的鸟叫，空气里还留有凉爽的气息。

向来来得最早的小灿和阿飞，一路说说笑笑过来上班，推开餐厅大门的瞬间却被吓了一大跳。

平日里不到十二点几乎不会下楼的老板，今天竟然这么早就待在了吧台。

他依旧是一副睡不醒的样子，用一件黑色的外套罩着脸，不远处的桌上放着几个空掉的酒瓶，手里握着还剩半杯酒的玻璃杯。

与他隔着一张桌子的地方坐着杜清野。杜清野乱成一团的棕发下是两只越发明显的黑眼圈,听见门开的声音,他也只是迷迷糊糊地抬眼看看,然后又重新趴在桌子上睡着。

杜清野这样的情况倒不罕见,放着奢华大气的杜家大宅不住,要么挤在警队里,要么赖在"味谷"不走,时间久了,大家几乎都快要忘掉他是杜家大少这一身份。只不过,他对"味谷"的尽心尽力却并没有讨到老板的半分好,每次勉强赖在"味谷",老板也从来不会好心地让他上楼睡,别说两个人挤一张床,连睡沙发的资格都没给。

所以,时常会出现杜家大少黑着眼圈趴在"味谷"吧台上睡觉的情景。外面时常有流言称杜家大少为某"网红"一掷千金,仍然未得其芳心,自然也有人传他与陆景琛"关系匪浅",不过饭后谈资罢了,传传也就过去了。

但是今天,这种两个人都睡吧台的情况,是怎么回事?

阮千帆揉着脑袋从楼梯上下来,舒舒服服地伸了个懒腰,起床气还没过去,声音里都夹杂着些隐隐的疲惫与不快"陆景琛,你这里有没有牙刷和……"

她蓦地收住。

楼下还没来得及放下提包的小灿满脸受惊的模样,而站在旁边的阿飞看到阮千帆更是一脸见了鬼的表情。昨晚他被杜清野叫上去照看阮千帆，看她可怜巴巴窝在沙发上的样子，就信了杜清野做好事从外边捡了人这种话，可是……

老板哪里收留过别人过夜啊，更何况还是女生。

而且，看阮千帆这副模样，也不像是窝在沙发上挤了一晚上的样子，所以，这三个人，到底是什么情况？外面的流言还作不作数了？

阿飞盯着楼梯上的阮千帆一动不动，良久之后，嘴角才默默地抽搐了一下。

"我去买牙刷！"小灿最先反应过来，不管三七二十一撒腿就往外跑。

她需要时间冷静一下。

不管那个女人和老板是什么关系，她都只能先假装什么都没看见。无论真假，老板没有公开的事情，她都不能做知情者，不然要么被老板"咔咔"掉，要么被老板那一帮粉丝"咔咔"掉。

阮千帆在小灿和阿飞异样的表现中回过神来，这才反应过来他们误会了她和陆景琛的关系，但看到他们慌慌张张的模样，顿时觉得有些好笑。

"陆景琛，模特的事情就这么说定了啊！"

阮千帆也没解释，心情大好地走下来，也没再打扰陆景琛，自顾自地拿起放在他手边的手机，将自己的号码存了进去，然后再回拨自己的手机，存下他的号码："如果不出意外，这个周五的时候你准备一下，我带你去公司签合同！"说完她冲着在一边愤愤不平的杜清野得意地笑了笑。

杜清野哪能心理平衡，一米八的汉子带着一对黑眼圈，冲着闭目养神的陆景琛开始碎碎念："陆景琛你这是见色忘友！我们俩什么关系，还比不上你和她之间的交情吗？"

"你竟然宁愿牺牲色相和身材去 O.M，也不愿意发挥你的智商优势带我一起处理案子吗？"

"陆景琛，我算是看清了，你居然为了妹子抛弃坦诚相见的糟糠之……"

玻璃门"砰"的一声。

"那个……我买了牙……"手里还挥着一把牙刷的小灿愣愣地站在门边，盯着号得一把鼻涕一把泪的杜清野，满脸惊恐。

坦诚相见？糟糠？

果然，是有什么她不知道的事情吗？

杜清野没工夫去解释，自顾自地对着陆景琛絮絮叨叨："陆景琛，你到底……"

"我说过我要去 O.M 了吗？"陆景琛皱着眉头，不耐烦地一把掀开盖在身上的衣服，别过头对着阮千帆语气淡淡地说，"现在天亮了，你可以走了吧？"

这次换阮千帆愣住。

原本以为他态度有所缓和，也就意味着这件事情已经八九不离十，而且明明她留他电话、说这些事的时候，他没有反对啊！

"陆景琛，你怎么……"

"出尔反尔"四个字还没说出口，门口传来一阵巨响。

阮千帆下意识地捂住耳朵，回过头的时候看到门外浓烟四起，紧接着一群人迅速拥进来，她还没弄清楚情况，就被人围了个严实。

长长短短的镜头伴随着交错的闪光灯不断拉近，阮千帆在人群的簇拥下后退到楼梯口，混乱之中踩到谁的脚又迅速退开，脚下一空整个人斜靠在陆景琛身边。

"扑通"一声，有人直直跪了下来。

一瞬间，所有的镜头都围过来。

她尚且披头散发素面朝天，哪有面对镜头的勇气？更何况，根本不知道现在究竟是什么情形，情急之下，她先捂住了自己的脸，可是奈何挤不过风风火火的记者的夺命狂拍。

她有些力不从心，下一秒眼前一片漆黑。

有人将衣服蒙在了她的头上，她手腕一紧，被人半推半拥着挡在了身后。

"恩人！"

带头跪在地上的那人西装革履，可情绪极其激动，一时间涕泗横流，上来就要抱陆景琛的双腿，被陆景琛后退两步躲开："你是我们祝家的大恩人！"

杜清野招呼着阿飞过来，赶紧将人扶起。

阮千帆被遮挡了视线，什么都看不清楚，只听见外面一片混乱，然后头顶响起一道冷静自持的声音："您先平静一下，有什么事情慢慢说出来可以吗？"

不同于以往的冰冷，他的声音清透而富有耐心，明明不过普普通通的一句话，却好像在一瞬间控制住了整个局势。

阮千帆明显感觉到周围的混乱已经慢慢平静下来，她偷偷拂开衣服，从缝隙中打量着周遭的情况。

"我一直在找陆先生。"

刚刚跪下的人在杜清野的搀扶下坐在了旁边的椅子上，他头发已经半白，隔着衣服的缝隙，阮千帆还偷偷瞄到，他浑身上下都是低调的名牌，想必出身地位都不差。可这么一个人，一上来竟然就对着陆景琛下跪，饶是现在坐在椅子上，眼角仍有残留的泪痕，声音里都夹杂着明显的哽咽。"多亏了陆先生啊，真的是多亏了陆先生。"

突然想起来什么一样，他对着身边人使了个眼色，有人立马抬着各种花篮送进来。

"大概半个月之前，我曾与陆先生有过一面之缘。"他抬手拭了拭眼角，"说来惭愧，都是一些见不得人的家务事，家父被人陷害，等我察觉事端追过去的时候，他老人家已经不慎落水，我急着救人可惜不通水性，旁边倒有小船只，可是……"

"人心不古啊，那么活生生的一条人命，"说到这里，他痛心地摇了摇头，"他们报出天价才肯下水救人，这也就算了，可他们竟然非得要现金，荒郊野岭的，我上哪儿拿那么多现金出来？"

周遭人无一不摇头叹气，不用再说下去，事情原委大家也猜得出来——路过的陆景琛二话不说下水救了人。

"老爷子怎么样了？"陆景琛好像才想起来这回事，后知后觉地问道。

他抹了抹眼角，遗憾地摇了摇头："家父一把年纪了，心脏又不好，落水受了寒没撑几天还是去了。"

"但我还是得找来当面道个谢，"他颤着身子又要跪下来，被陆景琛立马拦住，而后他虽然竭力克制着情绪，声音里还是有掩饰不住的哽咽，"那天事出突然，之后又忙着处理家里的事情，所以才一直拖到现在，真的很感谢。"

他伸手朝外面的记者示意，一堆镜头立马迎过来，他说："听说陆先生在网络上本身就有相当的知名度，我觉得年轻人所具备的这种正能量更是要传播开来，所以今天还特意邀请了记者过来，也希望借助媒体的力量做些正向引导！"

陆景琛看着成堆的镜头，一时间有些愣神。

媒体舆论，既能成人，也能毁人。

他不由得想起四年前自己经手的案子，凶手不持一棍一棒，却能借助舆论的力量杀人于无形。四年之后，竟然又有与当年"判官"案件极为相似的案子发生。

陆景琛回过神来自嘲一笑，明明已经下定决心不再插手案子的事情，可还是会不由自主地联系到那些事情上。

面前的中年人俯下身子再度鞠躬致谢，陆景琛立马回礼，但因为他还紧拽着阮千帆的手腕，所以连带着她也弯了弯腰。

蒙在衣服下的阮千帆却不合时宜地想到古代的拜堂仪

式，从第一次遇见陆景琛时他浑身湿漉漉的腐臭味道，对他的好奇与揣测，再到后来看见他的颓废懒散、他的好心好意……

所以，她身边的这个人，到底哪一面才是他的真实面孔呢？

阮千帆越来越好奇，她想了解他更多的事情，想知道他明明心存善意，为何却总要做出一副拒人于千里之外的冷淡模样？

打发走声势浩大的记者，人群才慢慢散去，陆景琛也松开一直紧拽着的阮千帆的手腕，接过她手里的衣服嘱咐小灿放到洗衣机里去。

阮千帆再看着陆景琛的时候，有些莫名地脸红了。

"那个……"

难得她也会有说话像杜清野一样吞吞吐吐的时候，陆景琛不由得回头看了她一眼，等着她说下去。

毕竟，对待口吃患者，要有耐心。

"我没想到你是这样的陆景琛，虽然以前也没有说过你什么坏话，"阮千帆有些心虚，"但是，我还是收回以前有关于你的所有负面评价……"

这是她总结了今天这件事情之后得出的结论？

陆景琛紧绷的嘴角垮下来，等着她说出最终的目的。

果然——

"陆景琛，你是个有责任心的好人，并不是靠刷脸才得以维生的那种花瓶。"她每次提到这件事情的时候，似乎都害怕他一走了之，所以下意识地伸手拽住他的衣角。

陆景琛注意到她的小动作，不自觉地轻笑了一下，等着她的后话。

"所以，O.M的时装展，你会去做主模的吧？"

只是没有想到，她的话题最后还是落到了工作上。阮千帆像只狡黠的狐狸，没有留给他拒绝的余地，径直踩着八厘米的高跟"噔噔噔"迅速溜走。

陆景琛望着门口的方向，嘴角的笑意逐渐加深。

原来，这个家伙也有不那么强势又一本正经的时候。

阮千帆跑出很远，才偷偷摸了摸剧烈跳动的心脏，想到刚才自己联想到拜堂仪式的那一幕，脸颊有些发烫。

也不知道自己在胡思乱想什么，她用力吸一口气，恢复平日里的冷静模样，哪有什么心跳，一定是因为刚才跑得太快，对，就是这样的。

她转过街角，在理发店里洗了个头，重新化好妆，正好是早高峰前，因为没能避开拥堵的车流，所以到公司的时候,大家已经在开早会。

见阮千帆迟到近半个小时,一众人的不满都写在了脸上,她倒一点也不在意,心情大好地绕过一室的低气压,径直坐在自己的座位上听着他们关于时装展的筹备进展报告。

"所以,现在除了模特以外的事情,全部都已经安排妥当,确保进度正常?"骆深起身总结性地问了一句,得到大半人的肯定后,她继续开口,"至于模特的事情……"

她朝着阮千帆的方向看了一眼,见对方毫无反应后又有些犹豫地说:"我们都相信阮阮的能力,但是,凡事有备无患,也不得不做好发生任何意外状况的安排,所以我建议,在这方面做出应急的B套备用方案!"

这种方法虽说会多耗费一点心思,但至少能够确保服装展顺利进行,是极为稳妥的一种办法。

在座的各位小声议论之后,都默默地点了点头。

"好吧。"阮千帆抬头,没有往日的压抑严肃,嘴角多了一抹淡笑,"我不阻止你们筹备B套方案,但是,我确定的是,无论怎么样,你们所谓的应急备用方案都不会有任何用武之地。我虽然建议你们不必多费心思,但也不勉强你们……"

她笑了笑,"犯蠢"这两个字还是没有说出口。

她已经挖到了陆景琛这块宝，既能完美地诠释和融合传统与现代时尚之美，又是大众视线里新的中国面孔，能够给人留下深刻的印象。

"黎总，如果我们这边没什么问题，这周五我会带他过来签合同，你觉得这样可以吗？"阮千帆越过所有人的注视，询问的目光直直投向黎牧遥。

骆深的提议又被驳回来，虽然没有直接被否决，但阮千帆这样笃定的语气，无疑是在当众打她的脸。

骆深侧过头去看黎牧遥，他端坐在正前方的位置上，对于阮千帆这种看上去无比冒险的做法却不加任何阻拦，反而点了点头，投去支持的目光。

骆深觉得心里梗着一根刺，为什么一直以来，阮千帆轻而易举就可以得到所有人的欣赏，而自己明明比她辛苦和用功数十上百倍，却得不到任何一点青睐？

她望着黎牧遥的眼神，慢慢晦暗下去。

第六章

TABICHUNFENGGENGMEIHAO

重要的是,她总敢直接与陆景琛对峙。

周五这天,杜清野起了个大早,简单收拾了一下就打算直接奔回警队。

这些天以来,"第四号判官"案并没有多少进展,周毅的关系网也已经查过,跟他有过冲突的人也问过话,甚至居住地附近都已挨个走访过。如果说周毅真的是被四年前的"判官"组织所杀害,那么按照嫌犯以往的作案风格,他必定是犯有让人愤恨的过错。可眼下,他们根本没有查到周毅身上有什么人神共愤的罪过足以让人动了杀机,案件也暂时陷入停滞,一时间无从下手。

这几天队里压力巨大,每个人周围都笼罩着一股低气压，连带着杜清野都安分了不少，天天惦记着案情的进展，挖空了心思去琢磨线索。

他从"味谷"出来，一只手将钱包塞进衣兜，另一只手掂着车钥匙匆匆忙忙往外走。

到了门口的时候，他好像突然想到了什么，踟蹰半晌又折回来："对了景琛，你记不记得我上次跟你提过周毅的那个女朋友？确切一点来说，是未婚妻。"

陆景琛半躺在吧台里侧的座位上，有一下没一下地把玩着手机，没有应他的话。

"她前天差点自杀。"杜清野一本正经地说着，"两个人在一起这么多年，即便有过什么争执，这个时候也都已经不重要了。她对周毅用情太深，所以那件事之后，她整个人情绪很糟糕。"

他顿了顿继续道："我想，查出凶手大概是现在唯一支撑她活下去的动力了吧！"

"景琛，活在过去的愧疚里远没有朝前走来得重要。"

陆景琛没有接话。

他其实明白杜清野的意思，死者已矣，活着的人才是最受折磨的那一个。现在这起案件四年前的案件相似，周毅女朋友的心情，怕是没有人能比他更了解了，而抓住凶手才是最理智也是最紧急的事情，他有能力，所以更是义不容辞。

　　他靠在椅子上略略低头，一只手懒懒地拨转着桌上的手机，眉头微微皱着，倒没有平时那种无所谓的样子，像是在考虑什么事情，只是没人知道他究竟在想什么。

　　杜清野说完话，其实对说服陆景琛也并没抱什么希望，他站在门口看了看，然后转身就要走。

　　"你们陷在四年前案情的思维定式里了。"陆景琛突然发声。

　　杜清野一时间有些恍惚，愣在原地。

　　"如果一直盯着周毅的罪过作为案件的突破口，会影响对案情中其他细节的判断，陷入死循环，周毅'自杀'，而短信和死者脸上的红叉标记直接将凶手指向四年前的'判官'组织，这或许正是凶手用来迷惑大家的一点。"陆景琛按灭屏幕，将手机丢在桌子上，然后端起杯子慢吞吞地喝两口水，语气淡淡，像谈论今天的天气状况一样。

　　"你没有注意到吗？"他难得一次性说这么多，"四年前凶手作案都是依靠网络，说白了是将被害者无比心虚的错事曝光在网络上，借助舆论压力迫使对方精神崩溃，从而实现真正的'自杀'。而周毅的案件，至今为止别说舆论报道，就连你们苦心孤诣去追查，也都没能找到他的一点错误,这两种做法其实有着本质的区别。"

杜清野的表情复杂,倒不是对他说话内容有多么惊讶,而是……

虽然他一直想要陆景琛帮他分析案情,但几乎从来没有一次如意,现在陆景琛突然开始谈起案子的事情,他一时半会儿真的没有办法反应过来。

有那么一瞬间,杜清野对面前这个人生出一种久违的感觉。

自从四年前的案子发生之后,陆景琛整个人沉在过去的愧疚里太久了,即便他想尽办法在陆景琛耳边念叨,陆景琛也再不肯对任何案子发表任何看法。

"景琛!"杜清野回过神来,无比惊喜地折返回去,几乎就要冲过去挂在陆景琛身上,语气兴奋到不行,"景琛,景琛,队里今天会特意针对这次的案件召开会议,大家都会聚在一起再完整地分析一次案情,你跟我一起回队里吧?"

"回?"陆景琛撇了撇嘴角,缓缓地起身,没有再看杜清野,轻笑两声没有说话,抽出两张纸巾擦了擦吧台边沿的水滴。

"不管了,不管了,你先跟我回队里再说,今天会有案情的整体罗列与分析，你就当作是随便听听好了！"杜清野也不顾陆景琛平日里的臭脾气，迫不及待地推着他上了车。

"老板你今天出去？"阿飞从窗户里探出一个脑袋，满脸惊讶，嘴角有点抽动。

陆景琛没有说话，被杜清野半拖半拽着往门外走，杜清野大刺刺的嗓门还在号着："你们老板今天要去干大事，先去破案，再去找老板娘！"

阿飞来不及出声，车子已经扬长而去。

吧台上亮着的手机屏幕慢慢地熄灭下去，然后又重新亮起。

阿飞过去看了一眼来电显示，嘴角的弧度渐渐沉下去，没多久，他衣兜里的手机也疯狂振动起来，他眼底划过的一丝欣喜里，又夹杂着些无奈。

会议室里。

大屏幕上投放着案发现场的照片，死者穿黑色的西装，头部受损情况严重，几近变形，身下以及周围有大片血迹。

屏幕右边放着一块白板，上面用黑色的签字笔圈出案发地点，以及与被害者周毅有过争执的可疑人名，存在杀人动机的人选被着重圈出来，各种简易的推测标记，以及与被害人关系的箭头，红黑色记号交错，看得人眼花缭乱。

在座的一群警员或死死地盯着屏幕，或低着头在手里的笔记本上勾勾画画，每个人都紧紧绷着一张脸，小声议论着的也都是对于案情疑点的记录与推测，整个氛围僵成一团，空气里弥漫着紧张感。

"哎哎哎……大家看谁来啦！"杜清野扯着嗓子高声号着，但这个时候，除非是来自首的凶手，否则并不能让他们从紧张的情绪中脱离出来。

不过，陆景琛进门的那一瞬间，许多人的眼睛还是亮了。

四年前陆景琛主动申请离职时，被队里领导否决，可最后见他精神萎靡又坚持离职，只好勉强同意，单方面将他列为所谓的编外犯罪顾问。即便几年来陆景琛都没再回来一次，可熟悉他的人都对他的能力无比认同甚至钦佩。

听到杜清野吵吵嚷嚷的声音，侯队长头也没回，握着手里的签字笔转身就要朝杜清野头上敲过去，但下一秒在看清来人的时候，他的双手有些颤抖着僵住，眼里的光芒似乎一下子被点亮，整个人终于松了一口气一般。

后来入队的几位新人还不太清楚情况，立马有人低着头开始科普：什么城南碎尸案、316公交失踪案、实验室水银杀人事件……有关于'陆神'的传说根本说不完，只不过对于四年前的"判官"案，大家都默契地缄口。

几位懵懵懂懂的新人并没有注意到这一点，只是听着之前陆景琛的传奇事迹，眼睛也一点点亮起来，再抬头看向陆景琛的时候满脸都是崇拜，巴不得下一秒就冲到他身边去一样。

侯队长也缓了缓情绪，朝着陆景琛伸手："来，我跟大家介绍一下，这是……"

"不用了，侯队！"陆景琛看了杜清野一眼，然后朝侯队长摆了摆手，拖了把椅子随意坐在了角落里。

侯队长原本以为陆景琛能回队里来，是因为对以前的事情看开了，如今看他这副懒懒的样子，刚刚激动起来的心情又重新落了下去。

不过，至少他已经愿意再回这个地方，也算是好事。

侯队长看了看跟在陆景琛身后的杜清野，用力地拍了拍杜清野的肩膀，叹一口气。

"死者周毅，二十八岁，建筑工程师，尸体于5月7号早上6时17分在尤安街在建林厦商场施工地发现。经法医检验判断，死亡时间为5月7号凌晨1点30分左右，死因为高空坠落时头骨碎裂，现场没有争执打斗痕迹，不排除自杀可能。但是……"侯队长在屏幕面前站定，冷着脸切换了照片，死者的面部被放大，上面隐约可见红色的叉形记号，他敲了敲屏幕，"我们在死者手机里发现了来自所谓的'四号判官'的死亡宣判短信，以及死者脸上被人为做上的标记。"

他的视线掠过陆景琛，语气也变得沉重："这两点与四年前的'判官案'完全一致。撇除这一点之外，我们也对死者进行了调查，5月3号，周毅与同事张某在饭局上因为材料报价问题有过酒后言语冲突，但案发前后几天，张某一直在外地出差，同行同事以及酒店记录都可以证明；5月6号当天，周毅曾与未婚妻陈含发生情感上的争执，据陈含表示，争吵之后直至周毅遇害，两个人都没有再碰面。在这期间，陈含因为赌气，住在朋友家，而周毅则一直留在公司工作。"

他扫一眼台下，松了松领口，说出自己的结论："根据我们这几天的调查来看，几乎可以排除身边人作案的可能。所以，凶手很有可能是当年'判官'组织的成员，或是了解或崇拜'判官'组织的群体。"

其实侯队的话不太严谨，不难看出，因为短信和红色标记，他已经主观地将凶手锁定为"判官"组织。

侯队说完话，又看了陆景琛一眼。

陆景琛目光落在屏幕中被放大的照片上，眉头微微皱起，但一直没有说话。

倒是旁边的小警员站了起来："死亡时间是在凌晨一点多，如果是'判官'所为，他又是通过什么样的方法，在深夜里将一个意识清醒的成年人带去未完工的高层建筑呢？"

"也不是没有可能，"侯队做思考状，"周毅本身就是这个建筑项目的负责人，而且据公司管理层称，他敬业又负责，主动加班到深夜的情况不在少数。如果凶手假装工作人员，以项目问题为由，比如，发现施工现场出现事故之类的，要求周毅赶往现场……"

"6号夜里下过雨。"小警员顺着陆景琛的视线瞄了一眼屏幕上的照片，打断了侯队的话，"如果以施工现场出现问题为由，按照周毅认真负责的工作态度，到场后他应该会先到处看看。施工现场混乱，落雨后地面上的水泥灰尘沙粒都会黏化，周毅的鞋子甚至裤腿也应该会沾上泥巴水滴之类的，但是按照取证照片来看，死者鞋面以及衣物上并没有任何污渍。雨大概是近一点钟停的，所以也不存在泥点被冲刷掉的可能。"

他顿了顿，继续说出疑虑："而且，如果是'判官'自己动手，大可以在其他任何时机地点，为什么偏偏要费心思将他引来这里？"

全场安静了片刻。

陆景琛侧过脸看了小警员一眼，不动声色地勾了勾嘴角。

一阵手机铃声响起，打破了一室寂静，侯队不满地递了个眼神过去，坐在另一边角落里的队员立马伸手按掉电话。大家又开始整理线索，七嘴八舌地讨论各自的想法和发现。

陆景琛的脸色忽然有一点细微的变化。

他朝自己衣兜里探出手去，摸索了半天却空空荡荡，转过头对上杜清野一张不明所以的脸。

不过三秒钟，杜清野立马反应过来，拍一把大腿："差点忘了，景琛，今天是周五，你该去O.M找阮千帆了，她没打电话给你啊？"

"从头到尾我都没有答应过要去O.M的事情。"

没摸到手机的陆景琛反倒淡定下来，随手翻着旁边的笔录资料看起来，时不时皱皱眉，没理会旁边小声唠叨的杜清野。

"陆景琛！"刷不到存在感的杜清野急了，伸手在他面前晃了晃。

"要不，你先用我手机打个电话过去啊，就算不去O.M，至少也得明白地说一声是吧？我之前一直都以为你没说话是默认自己会过去……"杜清野絮絮叨叨地说着。

陆景琛不耐烦地偏过头，拾起另外一本小册子挡住杜清野的脸，低头开始看资料。

会议结束的时候，陆景琛对案件状况已经有了基本的了解。

暂且撒开四年前的案子不谈，周毅被杀，没有任何财产损失，他圈子里的人也没有任何大的变动，凶手故意留下标记，可他究竟为什么选择对周毅下手呢？

陆景琛坐在副驾驶上，回想着今天看到的一些资料，反复揣度着心里的猜测，目光越过车窗，落在最远处路的尽头。

"杜清野，你去哪里？"

车子颠了一下，陆景琛注意到杜清野开车左转，这才回过神来出声回道。

杜清野没有直接回答，只是笑嘻嘻地换了挡位："陆景琛，做事要有头有尾不是？你没有直接拒绝 O.M 的主模邀约，就应该跟人家说清楚，不然因为你误了事多不好？"

其实，杜清野心里自然有自己的小算盘，"味谷"靠网红餐厅的定位来经营，收益确实也还算不错，但是如果跟O.M这种大牌比起来，简直不值一提。反之，要是"味谷"老板抛却网红这一接地气的身份，转而与国际知名品牌挂钩……

啧啧啧！

杜清野默默地为自己的机智点赞，更何况——

虽然不知道阮千帆身上有什么样的魔力，但毕竟她是第一个且唯一一个"上过"陆景琛的床的人，也是唯一一个扯着陆景琛衣角不撒手的人，重要的是，她总敢直接与陆景琛对峙。

而且，自遇见她之后，陆景琛好像就没有以前那么死寂。

要想让陆景琛进一步帮他查案，或许阮千帆才是最好的入手处。

如此一举两得的事情，他怎么会不去推一把呢？他暗戳戳地琢磨着自己的小心思，车速加快了几分。

而从陆景琛的角度看过去，只看见他越发深邃的贱笑，让人心里发毛。

O.M样衣间，各种设计成品齐刷刷摆成一排，阮千帆根据陆景琛的特质特意挑出来的几套样衣摆在最边沿的架子上。在右手边的桌子上，放着各种瓶瓶罐罐的化妆品，她甚至特意去买了剃须刀过来。

虽然她极为看重陆景琛,但毕竟他不是专业出身,对很多环节还是要多熟悉。

今天除了安排他来跟黎牧遥见一面,签下这次的合同以外,她还需要做一些别的事情。

比如……

她盯了盯躺在桌上的剃须刀,和被她特意喊来在一边等了很久的化妆师。

早已做好准备来跟模特沟通的一干工作人员全部沉着脸站在原地,几个人时不时低头凑在一起议论两句。

阮千帆低头看一眼手表。

距离约定时间已经过去近半个小时,而阮千帆之前信誓旦旦保证的所谓出色模特却迟迟没有出现。

阮千帆看着在场的已经表现出强烈不满的同事,脸色也变得有些难看,但还是尽可能地安抚大家:"抱歉,辛苦大家再等一下,他那边可能有事情耽误了。"

"到底什么时候可以到?"

"大家最近都忙得脚不沾地,可没有时间一直耗在这里。况且,第一次见面就这么耍大牌的模特,无论是何方神圣,我们O.M都请不起……"

"对啊,连最基本的时间观念都没有?"

有人带头，接下来各种抱怨也纷沓而至，阮千帆环视一周，然后起身握着手机出了门。

外面风很大，夹杂着夏季的热气迎面而来，让人更加烦躁。

"对不起，您所拨打的用户暂时无人接听……"电话里的机械女声一遍遍传来，阮千帆下意识地握紧了拳头，看着屏幕上快要倒背如流的号码，再翻看发过许多遍却迟迟没有半分回应的短信，她心里也慢慢开始有些没底。

"今天的事情是我没有提前安排好，耽误大家的时间了，真的非常抱歉！"议论纷纷的样衣间里，阮千帆站在人群中央，深深弯腰道歉，"今天先到这里，大家回去工作吧，下次我……"

"下次？"

有人语气有些恶劣，气哼哼地说："阮千帆，你是没把O.M放在眼里，还是没把我们这些老员工放在眼里？"

"确定模特人选的时候你就直接否决了我们所有人的方案，我们也没说什么，只要你能够确保模特人选落到实处，不出什么差错就好，可是现在呢？"

阮千帆咬咬嘴唇，没有说话。

有人接过话头，继续抱怨："不是说你可以找到最符合服装展主题风格的模特吗？人呢？到底 O.M 在你心里是什么样的存在？"

"阮千帆，你在学校里优秀并不代表你真的就可以在 O.M 为所欲为，我以为这种话不需要我来提醒你！"颇有资历的样衣师杨姐过来拍了拍阮千帆的肩膀。

"好了，今天的事情也是大家没料到的，阮阮也不是故意的。"骆深站出来替阮千帆说话，然后又回头劝说她，"阮阮，其实大家也没有针对你的意思，只不过时装展是关系到公司名誉和形象的大事，容不得我们有半点差错，陆景琛的照片我在网上看到过，是，你找模特的眼光值得我们大家信任，但是 O.M 这种格调，找那种网红出身的人当主模总是不合适的吧？我们现在又不是没有别的选择……"

她想到前两天在黎牧遥桌上看到的 Ferdinand·Opry 的资料，于是试探着开口："阮阮，你知道 Ferdinand·Opry 吧？无论是人气还是敬业度，他在国际模特圈可都是数一数二的，如果我们能够联系到他，是不是要比你找的那个……要稳妥一点？"

骆深清楚，黎牧遥刚刚上任，看重阮千帆，对她委以重任是想要发展她成为自己的左膀右臂，但毕竟他也是职业人，不可能只凭借个人喜恶将整个时装展完全放手交给阮千帆。所以，他去了解 Ferdinand·Opry 的资料，也正是为了模特人选找退路,说到底,他对阮千帆也没有那么信任。

骆深等着阮千帆服软。

"骆骆,为了知名度,找一副西方面孔来诠释中国传统?你觉得合适吗?"阮千帆直接堵了回来。

骆深一时接不上话。

阮千帆定了定心神,转过头对着大家,盛夏的日光从窗户洒落在她的侧脸上,线条流畅且坚毅的轮廓,她满脸倔强:"既然黎总能将服装展的事情交给我,我希望大家也能给我一点时间和耐心,今天的事情是我安排不周,但我保证不会再出现第二次。"

"如果,服装展因为模特的事情而受到任何负面影响,我会主动申请离职。"最后一句话脱口而出后,低头议论的人群忽然安静下来。

如果说上次是阮千帆和骆深因私人争怨才立下的赌约,那么这一次将这些话置于人前,毫无疑问是立下了死令,她再没有任何退路。

第七章

TABICHUNFENGGENGMEIHAO

今天的事情，我给你一个解释的机会！

"你确定？"杜清野一边掉转车头，一边问陆景琛，"前边就是商场，我在那里把放你下再打车去 O.M 也很……"

"清野，快点，从你的位置沿金阳大道行驶 7.2 公里再左转进入淮安街……"电话里侯队长的指挥声音将他的话打断，"'四号判官'！我们还没查到他头上，他竟然敢直接打电话到队里来，这次非抓住他宰了这小子不可……淮安街人流量比较大，清野，你注意安全！"

"我的技术你就放心吧，老猴子！"

杜清野猛打两下方向盘，顺利地从两辆车之间绕穿过去，再猛踩一脚油门，车子发出轰鸣一声，车外的景物迅速后退。

杜清野本已做好了将陆景琛直接送去O.M的打算，可队里突然查到了"四号判官"现身的消息。

对方竟然直接打电话到队里，技术科立马追踪定位，在辉域商场正在装修的电梯里发现可疑人影。他穿黑色衣服，戴黑色的鸭舌帽和张牙舞爪的玩偶面具，而面具上正是与死者面部相同的红叉图案，正盯着监控做出挑衅的手势。

队里立马派人过去，而正在辉域商场附近的杜清野在距离上比较占优势，自然要先行跟进。

四年前的事故后，陆景琛就没再参与过任何行动，即便偶尔遇上杜清野临时接到任务的这种突发情况，他也会要求立马下车自己回去。

所以这次杜清野下意识的反应就是靠边停车，先放陆景琛下去打车，他甚至还特意嘱陆景琛他一定要去O.M赴约。但是出乎意料的是，陆景琛这次反常地阻止了他停车的动作。

这就意味着他要参与追踪？

杜清野不可置信地瞥了一眼副驾，陆景琛斜倚着靠背，满脸平静。

杜清野忍不住强调一句："我现在是要去追……"

"左转左转！"

话没说完，侯队激动得有些变声的音调从电话里传来："辉域商场前边有家母婴用品专卖店，从那个路口进去，追上他，支援队伍马上就过去接应你！嫌犯的位置开始移动了！清野你快点！"

杜清野匆匆掉头加速，按照侯队的指挥一路冲过来。但商场外的街道上拥挤一片，左转进去再越过人流可不是两三分钟就能搞定的事情。

"左转啊，杜清野你倒是给老子动啊！"侯队急得要骂人。

"侯……"杜清野有苦说不出。

"直行！"

陆景琛的声音从边上传过来，他闭着眼睛斜靠在椅背上，见杜清野还在愣神，难得开口解释："他故意引起警方注意，肯定有自己的目的，所以在这里作案的可能性不大。而之后要撤离商场无非是两个出口，但南边的侧门出去以后……"

车子猛地加速，不等陆景琛解释清楚，杜清野就直接踩了油门直行。

侯队长气急败坏的声音几乎要震坏手机，从队里技术科的显示屏幕上来看，代表嫌犯坐标的红色圆点还在辉域商场里小幅度移动，而杜清野的车子似乎对嫌犯视而不见，直直从辉域商场右侧直行离开。

"继续解释啊，我还没听完呢！"杜清野专注地盯着前方的路况，话却是对着陆景琛说的。

陆景琛笑了："从辉域商场南边的侧门出去是新建成的住宅区，虽然人流量不大，但这种偏高档楼盘，安保设施完善，几乎可以说到处都是监控。但凡智商正常的人，都会想到那边的监控已经被警方全部控制，你觉得自己主动惊动警队的嫌犯会想不到吗？

"从正门出去虽然人流量偏大，但为了防止造成恐慌，警队反而会有所顾忌，这正好成为嫌犯的绝佳掩护。从正门出来往东也就是你刚才停下来的地方，是人流车流量偏大的十字路口，有监控，有交警；但正门往西，横亘的是步行街，再往北不到一千米便是交通状况良好的木莲中路。如果你是嫌犯，你选择哪条路线？

"我们从刚才那个地方左转进去，确实是最短路，但算上堵塞，要想成功越过拥挤的人流至少需要20分钟以上，这个时间嫌犯可能已经直接离开商场混入步行街或者跑得更远，而且只要警队那边追踪的讯号断掉，这次追捕几乎就会以失败完美告终了。"

杜清野听得专注，方向感不足的他对陆景琛自带导航系统的大脑再一次献上膝盖。

"走现在这条路直行大概4000米，在交通正常的路况下需要四分钟左右……左转！"陆景琛出声指挥，"直行到木莲中路……"

"直行进入木莲中路……"

四年前追踪嫌犯的场景一幕幕浮现在眼前，陆景琛蓦地顿住，脸色忽地变得难看到极点，许久之后他颓然垂下头，双肩紧紧绷起。

"黑衣，鸭舌帽，玩偶面罩！"杜清野的声音突然紧张起来，对着电话提高了音量，"木莲中路发现嫌犯！侯队，嫌犯上了尾号为0327的出租车！"

O.M大楼里。

黎牧遥从电梯出来，看着不远处眉头紧锁的女孩子，三两步走过去，拍了拍她的肩膀。

阮千帆回过头来看他一眼，眼底闪过一抹愧疚："黎总，对不起，今天的事情是我没有处理好，我下次会注意的。"

黎牧遥不怒反笑，语气温和，带有安慰的意味："所以，阮阮，我能知道你今天原本要找的模特是什么人吗？而且，你似乎对他很执着……"

"他不是圈里人，但是，请相信我的判断，我认为他很适合我们这次……"阮千帆开始解释自己在这件事情上的固执。

"我没有怀疑过你的能力和眼光。"黎牧遥笑道，"这次的事情也没有什么大不了的。不过，阮阮，我将时装展的事情交给你，你明白我的意思吧？"

阮千帆没有说话。

两个人出了公司大楼，盛夏燥热的风迎面吹来，扑在人身上似乎要引燃皮肤一样，两旁不知名的树木散发出黏腻的味道。

同新任总经理黎牧遥一起到任的阮千帆，刚出校园就接手O.M时装展，时不时有黎牧遥接送上下班，又处处受他偏袒照顾。

怎么看阮千帆都更像是空降兵。

不止骆深，几乎公司里的每个人都忍不住猜测两个人之间的关系。

其实不用多说，阮千帆比谁都清楚，黎牧遥根本不只是表面上看上去那种温和又风度翩翩的简单模样，也远没有大家想象中那么容易相处。

O.M内部关系盘根错节，上任总经理离职原因复杂，而初来乍到的黎牧遥需要背景清白的人来发展左膀右臂，甚至借此来引出针对他的残余势力，稳固地扎下根基远非一朝一夕。

而阮千帆个人能力突出，又有肯坚持自己立场的倔强与自信，不是轻易动摇立场的人，再加上公司关于两个人之间的种种传言，正好可以帮他挡去一部分不必要的桃花问题，所以阮千帆无疑是他看重的最佳人选。

他需要左膀右臂，她需要实现自己价值的平台。

各取所需，这才是职业人黎牧遥的处事风格。

这也是阮千帆明知道骆深对他十分有好感，但一直不肯支持她的行动，甚至不会刻意在黎牧遥面前替她留面子的原因。

"嗯，"阮千帆站定，深深吸一口气，然后回过头去看黎牧遥，"我当然明白，黎总放心，无论是时装展，还是别的什么事，我都会确保不出差错！"

"阮阮！"

阮千帆被黎牧遥突然提起来的语调吓了一跳，下一秒整个人被拽着前倾两步，身后有一辆黄色的出租车从她刚才站的地方疾驰而过，车速惊人。

阮千帆回头的一瞬间，透过出租车的车窗，她只看到一闪而过的黑色鸭舌帽，心里不由得一惊。

她不过刚刚走出 O.M 大楼，距离路边还有一段距离，按理来说，车子根本不会开到这边，而且在前方有人的情况下，司机都会刹车减速，而刚刚那辆车明显没有任何减速迹象，仿佛根本是冲着她而来。

"没事吧？"

阮千帆还没回过神来，黎牧遥看上去却好像比她还要紧张一样，拽着她的手腕好半天都没有松开。

两个人距离很近，他的呼吸甚至近在耳边，从旁人的角度看过去，两个人亲密得正好足以坐实传言。

正值下班时间，公司门口陆陆续续有同事走出来，几乎都撇着嘴装作不经意看过来的样子，然后转过头就去议论八卦。

阮千帆反应过来，下意识地后退两步，回头撞上骆深恨恨的目光。

看来有些误会是怎么也解释不清楚了。

"景琛？"杜清野一路紧紧追着前面的出租车，转弯的时候瞥到陆景琛不正常的脸色，顺着陆景琛的目光看过去瞄到 O.M 的 Logo，他也顾不得多想，看着前面的分岔路口，有些不确定地问，"景琛，我们今天能追到吗？"

队里的追踪早在嫌犯撤离辉域商场的时候就已经中断，杜清野怀疑对方在确定引起警方注意以后，就将手机丢在了那里，失去了定位追踪以后，接下来的追踪就全靠杜清野自己。

而陆景琛从车开到木莲中路那会儿开始脸色就已经有些不对，现在更是状况不明，杜清野不由得有些心里没底，但脚下的油门却一直没有松开过半分。

车子行驶上前方宽广的道路，基本已经没有什么车流量，杜清野一脚油门踩到底，定了定心神冲上去："景琛，系好安全带！"

"噌——"

伴随着紧急刹车，轮胎与地面剧烈摩擦发出刺耳的声音，杜清野的车子直直横在出租车前，出租车被迫停下来。

杜清野一把拉开车门冲过去，狠狠拍着出租车驾驶室的玻璃："清爷我终于追到你了，我倒要看看你这个'判官'到底长什么样子，给我下来！"

"我真的没钱……"瘦瘦矮矮的司机颤抖着从车上下来，"再给我两天时间，我保证还钱！"

杜清野看着可怜巴巴的中年大叔，满脸惊愕，又不甘心地去拽副驾的车门。

"阿飞？"

从副驾驶座钻出来的阿飞更是一脸蒙，在看到一边的陆景琛时，躬了躬身："老板！"

杜清野没工夫搭理他们，绕到车前去看了一眼车牌号，发现没有问题后，一脸见鬼的表情："明明是这辆车啊！"

想不明白的他气愤地踹了一脚车轮，没忍住爆了句粗口，气得半死："又让他给跑了！"

陆景琛上前两步踹了踹车牌，头也不抬地问阿飞："你怎么在这里？"

"我……"阿飞明显也被眼前的景象给惊到了，愣了好半天才掂了掂手里的袋子，"咖喱粉没了，小灿让我先出来买点！"

见杜清野还是一副相信的样子，他继续解释道："我刚上车没几分钟，师傅就猛加速绕路了，说是有催债的追过来，让我理解下，车费他不要了，所以才一路开到这里。"说着他指了指空旷的周遭，语气里有无辜的抱怨。

"嗯。"陆景琛目光从阿飞耳边的浅浅印记掠过，淡淡地点了点头，转身上车，"回去吧！"

随后，阿飞和杜清野他们一路回了警队汇报情况。

侯队虽然愤恨，但对杜清野也没过多责怪，对方公然挑衅明显是有备而来，靠杜清野一个人去追，本身就没有太大的胜算。

陆景琛一路上沉着脸一言不发，也不知道在想些什么。

阿飞搞不清具体状况，但也没有多问，几个人一路上倒是安安静静。

再回到"味谷"的时候，天已经擦黑。

"陆景琛！"

阿飞其实已经做好了被小灿念叨责备的准备，可开门的时候第一个冲过来的竟然是阮千帆。

她似乎已经等了很久，快步走过来的时候带动周围的空气，餐厅里的冷气迎面涌过来，让人精神抖擞几分。

身后紧跟着来不及伸手阻拦的小灿。

自从那次看见阮千帆披头散发从老板房间下来之后，小灿一时拿捏不准自己该用什么态度去接待阮千帆，这会儿也有些尴尬地追过来，拉了拉她的手小声道："你和老板有什么事情晚点再说好吗？现在……"

她环视周围，一拨女孩子装作吃饭的样子，但明显已经竖起耳朵注意这边动静，她递给阮千帆一个眼神。

阮千帆并不理会她的用意，自顾自地走到陆景琛面前。

阮千帆尽可能压制的怒气里夹杂着一丝不易辨别的委屈："今天的事情，我给你一个解释的机会！"

陆景琛像没听到一样，垂着眼自顾自地往里面走。

"为什么没有过去？"阮千帆的口气已经变成了质问，她扬了扬手机，"我打过72通电话，发过9条短信通知你时间地点，陆景琛，你连接人电话的基本礼貌都没有吗？"

陆景琛随手拎过吧台上的半瓶酒，三两步上了楼梯口，仍然一句话都没有说。

整个场面看上去有点像是阮千帆一个人的无理取闹和纠缠，原本偷偷盯着陆景琛的一群用餐女生，目光统统落到了阮千帆身上，一时间人群议论纷纷，都开始低着头猜测事情的缘由。

"咳咳……那个……"

杜清野知道陆景琛状况不太好，见他完全没有再开口的打算，于是走到阮千帆身边，拉着她边走边解释："阮阮啊，今天这个事情不怪景琛，是我拉他去……"

阮千帆一把甩开他的手，大步朝陆景琛的方向走过去。

阿飞见状立马冲过去拦在陆景琛身后："阮小姐……"

阿飞憋红了一张脸，也没想到要怎么劝开她，然后瞥到阮千帆之前座位上的餐盘，迅速借机转移话题"那个……不好意思，阮小姐，您的账单还没有结清！"

"……"

阮千帆咬咬牙，在包里摸索着拽出钱包一把塞到他手上。趁阿飞愣神之际,她身形一闪从他手臂下钻过去,两三步上了台阶一把拽住陆景琛的衣角,语气极缓:"陆景琛,说句话很难吗?连一句抱歉的话都说不出口?"

陆景琛呼吸一滞,脑海里闪过许多记忆片段。

他收了脚步,背对着她站在她前面两级台阶上,他高出她许多,挡住了灯光,将她笼在一片阴影里。

阮千帆死死地揪着他的衣角,过分专注的眼睛里浮现出一层细碎的光芒。

两个人一前一后,久久对峙。

阿飞攥着阮千帆的钱包愣愣地站在原地,进也不是退也不是,在一边的小灿和杜清野对视一眼,都屏气凝神地看着不肯退让的两个人。

许久的沉默之后,陆景琛深深吸一口气。

从阮千帆的角度,甚至可以看到他随着呼吸而微微起伏的肩膀,有不知名的小虫在他头顶的小灯处飞舞,周遭明明还弥漫着客人们愉快用餐的热闹声响,可阮千帆忽然感觉到空气里的死寂。

下一秒,他的身体微微向右转动一个小小的弧度。

"啪"的一声。

握在他手里的酒瓶子应声落地,楼梯扶手下的空地上炸开一团碎片，暗色的液体在灯光下映出亮晶晶的光芒。

阮千帆下意识地加大了手中的力度。

陆景琛没有说话，他单手拉开外套拉链，手臂略微张开，配合着他上楼梯的动作，一阵窸窸窣窣的声响过后，外套很快从他手臂间褪掉，顺着阮千帆紧紧拽在手里的那一角耷拉在地上。

阮千帆愣在原地。

周围几个人松了一口气，小灿暗暗地摸了摸鼻子，眯着眼睛感叹一句："可以，这很老板！"

阿飞紧绷的肌肉松弛下来，但还是没敢走到阮千帆跟前去，只好将手里的钱包丢给杜清野，然后拿了清扫工具默默地去收拾玻璃碎片。

出去丢垃圾的时候，衣兜里的手机疯狂闪烁，他别过头看了一眼灯火通明的"味谷"，然后绕到树后按下了接听键，语气里有些无奈，又压低了声音耐心地哄着："没事的啊，有我在，不会有人查到你头上的……是是是，你没错，是他活该！"

"嗯，我知道……我会看着的，那个女孩子只是因为工作的事情。"

"肯定会，我一定第一时间帮你处理掉……对，他只喜欢你……嗯……"

　　他一一应下那边所有的要求,挂断电话的时候,眼底闪过一抹悲哀与决绝,望着"味谷"的方向,慢慢攥紧了手里的电话。

第八章

TABICHUNFENGGENGMEIHAO

这脸真好看啊,如果紧紧抿起的嘴角也能松下来的话,会更好看。

陆景琛早早躺在了床上,接到视频连线邀请的时候,他刚刚坠入意识模糊的梦境里,整个人都有些懒懒的样子。

"小景?"

视频打开,屏幕里那对笑意盈盈的夫妇朝他挥挥手:"我们刚刚结束新的研究,国内现在应该有十点了吧?这个时间会不会打扰到你休息?"

苏家夫妇向来疼爱陆景琛,又觉得他有天赋,曾经一度想要带陆景琛参与他们的心理学研究,但他志不在此,后来也就作罢,一直到他们夫妻双双搬去加州专心从事心理学研究,也总不忘抽出时间跟他聊一聊,甚至在发生苏清纤的事情之后，也没对他多加指责，反倒处处安慰劝导。

"不会。"

陆景琛从床上爬起来坐好，又伸手理了理头发，勾着嘴角应着："不用担心我，叔叔阿姨你们在那边照顾好自己，不要总顾着工作，通宵搞研究，等过段时间你们空下来，我过去看你们……"

他顿了顿，嘴角有些僵硬："和纤纤。"

"小景，"在后面的男子头发已经有些花白，他脱掉西装随手丢在一边，回身坐在电脑跟前，轻轻地叹一口气，"很多事情过去就过去了，你不欠纤纤什么，更不欠我们的。叔叔希望你一辈子都不要来加州，过好你自己的生活，这也是纤纤希望的……"

"说这些做什么？"苏妈看到陆景琛有些异样的脸色，立马推开苏爸转移话题，"小景啊，你什么时候想来都可以……"

从生活工作到吃穿用度，苏妈唠唠叨叨了半天，都没有留给苏爸再开口的机会。

陆景琛隔着屏幕看苏爸不满地抱怨，又被苏妈嫌弃地怼回去，两个人吵吵闹闹好像什么事情都没有发生过一样，也忍不住勾了勾嘴角。

好像，当年那场事故之后，所有人都走了出来，只有他一个人懒懒地躲着,说不出抱歉,不敢再与旧事有半点纠葛,又不肯重新开始生活。

跟屏幕那边的人道了晚安,他关掉电脑重新躺回床上,左手摸到放在床头的手链,嵌在珠子上面歪歪扭扭的字迹凹凸处从他掌心磨过。

陆景琛只觉得大脑混乱一片。

房间门没有关,楼下用餐的女孩们叽叽喳喳的声音传上来,偶尔会夹杂着杜清野扯着嗓门喊阮千帆的声音。

阮千帆那张固执而张扬的脸慢慢浮现。

她与人争执动手时的决绝与小小的嚣张;她固执地要说服他去O.M的时候,眼睛里透出倔强的光芒;她在公司楼下与人动作亲密,回头时略微躲闪的神态;她扯着他的衣角要他给一个解释的时候,咄咄逼人的目光。

苏清纤不同,她总试图避免给身边人造成任何麻烦,只有在他面前,才会露出小女生原本柔弱甚至无理取闹的一面,可是最后呢?

陆景琛叹一口气。

像阮千帆这样的女孩子,她一定生活在顺风顺水的荣耀里,所以才会有不惧一切的生硬棱角,与势不可当的锐气吧。

陆景琛揉了揉眉心，扯过被子胡乱地蒙住头。

与楼上的安静形成鲜明对比的，是楼下的状况。

杜清野火急火燎地拉住拎着酒瓶子就要起身的阮千帆："阮阮，阮阮，你冷静点！"

他边说着边转过身朝着后厨里的身影招呼："阿飞，你快出来，先去看看12号桌的客人！"

店里的客人已经散得差不多，只等最后一桌人离开就可以关门打烊，可哪料想到男生喝多了酒，当场闹起事来。

"叫你们老板出来！"

上前劝说的小灿被人推搡着出来，委屈地朝杜清野看过来。

杜清野见多了这种耍酒疯的，懒得上前纠缠，直接冲小灿挥挥手示意她别去搭理，可以下班了。

"我倒想看看老板是哪路小白脸，"喝多了酒的男生踉跄着步子撒泼，"老子追了一年的女朋友，每次约会都得来这里吃饭，搞了半天，我还比不上这么一个小餐厅的老板了啊？"

同他在一起的女生尴尬地别过头。

杜清野看着女生一副无比丢脸的样子，没忍住，笑了出来。

男生被激怒，直直冲着杜清野扑过来，他凑得很近，带着满嘴的酒气冲着杜清野号："你笑什么笑？"说着随手扯过旁边餐桌上的桌布，整桌的餐具哗啦碎落一地。

杜清野还没发声，半瓶酒下肚的阮千帆路见不平来了脾气，一把拍掉那男生拽着杜清野的那只手"笑你怎么了？没被你丑哭是不是让你没成就感了？我要是你女朋友也得找个老板长得帅的地方吃饭，不然对着你这张脸怎么咽得下去……"

对方被阮千帆气急，眼看着要动手，被身后的女朋友及时拉住。

阮千帆今天在公司里被人针对，又与骆深闹了误会，到了"味谷"又在陆景琛这里受了气，晚上和杜清野吵吵闹闹喝了两杯酒，撞上闹事的醉鬼，怒气一下子上了头，直接拎起手边的酒瓶子就要冲上去。

"阮阮，阮阮，你别激动，有清爷在的地方还能让出事吗……嗷嗷……"杜清野伸手去拦，结果被阮千帆细尖的高跟鞋踩中脚趾，痛得抱脚直号。

阿飞一边拖着闹事的男生，一边还要挡着阮千帆，一时手忙脚乱混作一团。

"你还真是爱多管闲事！"一道清冷的声音从头顶落

下来。

阮千帆觉得后颈一热，整个人被拽着领子往后退了好一段距离，她从混乱的状况里脱身。

陆景琛皱着眉头看向阮千帆，上前两步在她身前站定，又冷冷地扫了一眼闹事的男生，转过头对着阿飞道："去把店里损坏的东西列一个清单，加上用餐费用，拿给这位先生醒醒酒！"

他一双眼睛漆黑如墨，身形端正，整个人有种与生俱来的强大气场，站在醉酒的男生面前，两个人立刻形成鲜明的对比。

前一刻还咋咋呼呼的醉酒男生一瞬间噤了声，倒是他女朋友，立马上前一边弯腰频频道歉，一边接过阿飞手里的赔偿清单，拖着男生就去付款。

阮千帆本来就没喝多少酒，这会儿折腾下来，已经清醒了不少，见陆景琛露面，她也不管时机合不合适就直接冲过去："陆景琛，我想了下，你没有去 O.M，又给不出解释，应该是还有些犹豫不定，我觉得我有必要跟你再介绍下具体的……"

陆景琛垂了垂眼，目光在她脚下落定。

"过来！"他率先朝楼上走去。

阮千帆愣了一会儿，立马跟上去，杜清野捂着脚也屁颠屁颠地蹦过去，还没迈上第一级台阶，前面的陆景琛又忽地停下，转过头将手机上关于案件进度报道的新闻伸到他面前："清野，你该回去工作了。"

杜清野捂着脚的动作定住，呆呆地看着前面两个人上了楼，阮千帆还不忘回头冲他得意地比个手势。

"所以，O.M主模的事情，你到底有没有放在心上？"刚刚进了门，阮千帆就迫不及待地开口，她脑袋有点昏昏沉沉，但工作的事情还是记得很清楚。

"我一天不答应，你是不是就一直赖着不走？"陆景琛的声音没有刚才那么生硬，他语气里有些淡淡的无奈，将阮千帆安置在沙发上后，转身在柜子里翻着什么。

阮千帆转了转眼珠，立马接上去："是啊。"

"那我建议你办张'味谷'的会员卡，长期消费的忠实顾客可以享受折扣优惠，如果有兴趣去找杜清野。"他提着一个小箱子，上面有个红色的小十字型图案。

阮千帆恍然大悟，他今天没有按时去O.M大概是因为生了病？

正想着，箱子被打开，陆景琛摸索着找出一包棉签和碘酒来，连带着整个箱子被丢到她手边："我从来没有答应过要去O.M做什么时装展的模特，根本就是你自己一厢情愿的揣测……脚,自己收拾。"

阮千帆顺着他的视线看过去,自己脚踝上殷红一片,大概是刚才在楼下被打碎的餐具划到,原本不过是被蹭到皮,只不过一直没有处理,这会儿倒沁出一片红色。

倒不是她感觉迟钝,只不过那阵儿忙着与人争吵,不想因为这一点小伤失了气势,现在被拎到面前,也觉得有些火辣辣作痛。

"你为什么不肯去O.M?无论是从待遇,还是机遇各方面来看,它都要比你现在的工作好得多,依照O.M的影响力,时装展之后你甚至可以转而进军娱乐圈……"

阮千帆开始帮助陆景琛规划未来的职业道路,试图借此来说服他加入O.M。

"收拾好了打电话给你朋友,让她过来接你回去!"

陆景琛根本没有听进去她的话,大概还记着阮千帆上次在路上晕倒的事情,所以兀自将手机递过来给她,然后直直倒在床上闭了眼睛。

阮千帆还想再找机会劝他,厚着脸皮故作夸张道:"我刚刚跟我朋友吵了架,她不会来接我,就算来接我,指不定会在半道上激化矛盾,然后动手起了杀心呢?再说了,杜清野现在在查的案子我也听说了,最近延江市这么不太平,万一我在路上遇到那个杀人犯命丧黄泉了,那你可就是间接的杀人凶手,你会觉得愧疚,然后后悔没有答应我去O.M,但是那个时候就已经来不及……"

她一边处理脚上的伤口,一边说个不停,自己都被自己的神逻辑与耍赖技能给惊呆,好半天才察觉身边人没有任何反应,回过头去看的时候,发现陆景琛躺在床上已经闭上了眼睛。

睡着了?

阮千帆将医药箱放回原处,然后趴到床边上去看。

他的皮肤很好,睡着的时候少了很多颓废意味,脑袋微微右倾,床头暖黄色的灯光洒下来,映着根根分明的睫毛,在眼睛下方投下一小片阴影。略微散乱的头发很软,斜斜地垂在额头一侧,随着他呼吸的频率,胸膛轻轻起伏着,整个人散发着温和的气息。

这脸真好看啊,阮千帆想着,如果紧紧抿起的嘴角也能松下来的话,会更好看。

她突然大胆地伸出手,在冰凉的空气中去描摹他嘴角,想象着他完全放松下来的样子。

也不知道过了多久,鬼使神差地,她摸出手机,"咔嚓"一声,屏幕里出现一张完美的侧脸。手机相机发出轻微的音效声响,陆景琛眼皮忽然动了动,阮千帆做贼一样迅速收起手机仓皇逃窜。

陆景琛睁开眼睛时还看到匆匆溜走的人影，他别过头去躺了一会儿，然后从床上翻身起来，站在窗户边上，望着慌忙离开的背影。

夜里有风，吹得她头发朝后飘起，宽松的衣裤也鼓鼓的，像一艘笨拙又倔强的小帆船。

她刚刚趴在他耳边念叨的那些话回荡在他脑海里——

我刚刚跟我朋友吵架了……

最近延江市这么不太平，万一我在路上遇到那个杀人犯……

……

他皱了皱眉头，伸手拿过手机，熟练地拨通一个号码："你的金主要回家了，延江市最近可不太平，你明白我的意思吧？"

"陆景琛，你还真把我当你的全职保镖了，是不是？"杜清野扯着嗓子，声音在空旷的停车场里乍起，有些赌气的愤怒，"你不是轰我回去工作了吗？我已经到队里了！"

"那随便你吧，反正嫌犯现在猖狂到可以公然挑衅警队，再作案也不是不可能，明天再多一起命案，头疼的又不是我。"

说完，陆景琛直接挂断了电话。

杜清野在楼下给阮千帆倒酒又称兄道弟说的那些话，他可全部都听到了。为了捧红"味谷"，杜清野私下背着当事人而跟阮千帆商量着将他"卖"给人家做主模的事情，他也都是听在耳朵里的。

果然，没多久，楼下两道交错的车灯闪过，杜清野那辆骚包的雷克萨斯 LX 甩着屁股冲了出去。

阮千帆有些怨恨自己刚刚在陆景琛面前口无遮拦说的那些话。

她从"味谷"出来没走多久，就察觉到身后走走停停的车辆。这条路上的路灯全都坏掉了，只有远处楼里有点模糊的灯光，周围黑漆漆的，树叶被风吹得摇摇晃晃的，让人不由得有些害怕。

身后的车辆一直不远不近地跟着，阮千帆心里有些打鼓，不自觉地加快了步子，等到远远能看到自己住所的灯光时，她才缓缓松了一口气。可身后的车子却突然也熄了火，紧接着响起一阵略显凌乱的脚步声。

她深深吸一口气，铆足了力气以百米冲刺的速度直接朝小区冲过去。

"啊——"

"啊——"

两道惊惧的尖叫声划破黑夜。

杜清野撞到人,手上一阵滑腻腻的触感,他立刻跳开一步,急急忙忙擦了擦手上黏糊糊的液体:"哎……吓死清爷了……"

他再退后两步,定下神来才看到窝在门口的人影,对方明显也被自己给吓到,只是刚刚缓过神来,还顾不上搭理他,就慌慌忙忙地弯下腰,拽着一只白色的袋子在地上摸索什么。

因为俯着身子,她两侧的长发低垂下来,映着手机屏幕微蓝的光亮,露出有些诡异的半张脸,看上去有点像刚从电视机里爬出来的贞子。

在她右前方不远处,地上有什么东西还在挣扎着翻动。

"那个……是什么?"

杜清野刚刚往前走了两步,旁边的女生一下子扑过来,杜清野先她一步打开了手机手电筒看清地上还在动的"不明物体"——一条刚离了水尚在挣扎的大肥鱼。

杜清野一下子就笑了,顺手夺过她手里的袋子,一把将鱼捞起来掂在手里:"我说大姐,大半夜的拎一条活鱼在小区门口瞎转悠什么啊?"

骆深盯着被抢走的鱼,一下子被激怒,学着他的语气:"我说大叔,我喜欢晚上吃鱼碍着你什么事了?"

杜清野一把将鱼丢过去,顺便再打量一番她的飘飘长发,一脸的嫌弃:"果然变态狂都喜欢闹午夜凶铃!"

骆深也不甘心,照着他的样子将他从头到脚打量一番,满脸的鄙视:"果然神经病都喜欢多管闲事!"

杜清野懒得再呛声,目光越过她看向楼门口,确保阮千帆已经上了楼,这才回过头再递给骆深一个白眼,拍了拍手上的污渍,神气地转身离开。

"神经病啊!"

骆深理了理手里的袋子,愤愤咕哝着回去了。

第九章

所以……那天就……一时起了色心？

阮千帆没想到自己那晚在陆景琛那里说的话成了真。

周一一大早去上班的时候，远远地便看到自己办公室门口围了一堆人，她一路过来跟同事打招呼，都会撞上对方莫名恐慌的眼神。

"我……怎么了吗？"阮千帆拽住同部门的一个小助理，指了指自己，然后又指着对方的脸，"解释下你这副表情！"

"阮姐，你最近是不是跟人结仇了啊？"小助理声音有些隐约的颤抖，然后朝阮千帆办公室方向扬了扬下巴，"你还是自己过去看下吧！"

阮千帆还没来得及再多问，小姑娘一溜烟儿跑了。

她心里有股强烈的不安，只好加快了步子走过去，拨开议论纷纷的人群，阮千帆不得不承认，即便自己做好了心理准备，还是被眼前的一幕吓到——

白色的办公桌上淋有一大片血迹，旁边原本摊开的设计图纸也染成血红色，像是匆匆忙忙之下用来擦拭现场般被揉皱成一团，零零散散丢得到处都是。桌子角落里，她的照片被涂上鲜红的叉号。

阮千帆想进去看个明白，却被人一把拉住。

"先别忙着进去，我已经让人报警了。"

黎牧遥不知道什么时候出现在她身后，他伸手环住她的肩膀，将她带出人群，看着她煞白的一张脸，仿佛看穿了她的心思，蓦地就笑了："信我，没你想的那么复杂。"

没错，阮千帆第一时间就联想到杜清野说过的案子。因为陆景琛的缘故，她总想要从杜清野那里打听到关于他更多的信息，但是她想要的没有得到，反倒是案子听了不少，再加上这段时间夜路走得多了，总担心撞到鬼。

杜清野最近三天两头地往重案组跑，为"四号判官"的案子更是伤透了脑筋，他甚至比所有人都要更敏感些，生怕错过任何蛛丝马迹。一大早接到O.M这边报案的消息，他立马拖着陆景琛就赶了过来。

公司前台的几个小姑娘看到陆景琛的时候,都一下子从血迹事件的恐慌中恢复了过来,装作不经意的样子,时不时地朝陆景琛的方向瞥一眼。

"什么时候警队里也有这么高颜值的小哥哥了?"

杜清野听到这句话的时候,更加昂首挺胸,还嘚瑟地撩了一把自己的一头棕毛。

他没听到的还有一句:"阮姐的眼光真的不错,真人比网上的照片要有气场太多。如果他能来做我们O.M的模特,我愿意贡献一个月工资开迎新Party……"

"我贡献两个月!"

"我贡……"

"杜警官是吧?"早上报案的助理迎出来,径直走到陆景琛面前,"辛苦了,现场在这边……果然年少有为,看上去就一身正气的……"

陆景琛看了看她,没有说话,然后用下巴指了指杜清野的方向。杜清野有些尴尬地站出来:"您好,我是负责处理现场的杜清野。"

"啊?"

助理有些囧,然后朝杜清野伸手:"呃……杜警官看上去也是很……对,稳重!"

才怪!

她看了一眼杜清野的棕发,以及系错纽扣的便装。

陆景琛跟着进去,一眼便看到黎牧遥落在阮千帆肩上的那只手,两个人不时低声说几句,看上去亲密得不行。

所以,果然设计师都是只看脸的吗?

陆景琛想到那天晚上阮千帆趴在他床边鬼鬼祟祟偷拍时的场景,冷冷地撇了撇嘴角,然后走到两个人面前,有些刻意地伸出手:"你好,陆景琛,麻烦二位大概讲下事情的经过?"

阮千帆没料想陆景琛也会过来,一抬头有一瞬间的惊诧,很快又想到自己那晚偷拍差点被发现的事情,下意识地攥紧了手机。

陆景琛将她的小动作尽收眼底,别过脸的时候轻轻弯了弯嘴角。

现场其实远没有大家传的那么可怕,稍微了解点情况的人去看一眼,就可以确保跟所谓的"判官案"没有任何关系。

办公桌以及附近虽然血迹斑斑,但血量不多且血液分布均匀，有人为涂抹痕迹以及动物毛发残留，并且周遭指纹杂乱，有明显的同类线索可以追查。

"判官"作案利落，几乎可以说是但凡动手，必涉人命，真正的"判官"想要动手的话，根本不会搞这些幺蛾子，更不会在现场留下这么多可疑痕迹。

所以，哪用得着这么兴师动众，甚至不用再多查，基本上就可以确定下来，这根本就是一起无聊人士的恶作剧罢了。

陆景琛捏了捏额角。

他原本以为杜清野当年混入警队，已经拉低了人民公仆的智商层次，用实力给组织抹了黑，没想到这个世界上还真的有比杜清野智商更低，而且更无聊的人存在。

偏偏还有人竟然会被这么粗粝的模仿现场给吓到，他朝转角处的沙发看一眼。

阮千帆坐在那里，明明一脸淡定的样子，两只手却紧紧地绞在一起，将内心的不安出卖得一干二净。

"真没想到你跟'判官'心意相通，前两天刚刚念叨过，今天他就送了礼物过来？"陆景琛走过去，在阮千帆身边坐下来，故作严肃地说，"所以阮小姐你的心愿可能就快要实现了。"

"陆景琛你确定这件事情真的跟'判官案'有关？"阮千帆还是一副镇定理智的模样，其实心里已经忐忑到不行，那晚她不过是随口乱说的罢了，哪里就巧到刚好被杀人嫌犯盯上了呢？

还没等到陆景琛回答，阮千帆忽然有种不祥的预感，明知故问："我什么心愿？"

"让我答应加入O.M出卖颜值……"陆景琛被阮千帆的模样逗笑，他抬眼刚好看到不远处的黎牧遥，又补上一句，"和身材，不是那天晚上你说的吗？"

忽略掉阮千帆掩饰不住的惊诧，陆景琛凑过去附在她耳边压低了声音："你被杀人凶手盯上，命丧黄泉，然后我内心愧疚，所以决定实现你生前的心愿，加入O.M。只是，我没想到，阮小姐为了工作不光可以数次通宵加班到昏厥，甚至还不惜再搭上一条性命！"

所以，那天晚上他根本就没有睡着？

阮千帆脸上的表情错综复杂，陆景琛很快看穿她所想到的事情。

"我的照片……"他语调拉得很长，声音低沉而沙哑，停顿两秒钟后，问道，"好看吗？"

"咳咳……"阮千帆绷不住了，尴尬地摸了摸鼻子，逞强地解释，"我之前不是要你加入O.M做模特吗？但是我手里还没有你的照片，所以……那天就……"

"一时起了色心？"

"什么？"阮千帆急得蹦了起来，瞥到黎牧遥的身影，立马圆了回来，"拍那张照片是要拿给老板审核的，他同意了才能商议签合约的事情。"

那就是说，截至那晚为止，大老板都还没有批下陆景琛参加模特展的事情？那……上次是谁因为陆景琛缺席签约会议冲去"味谷"大发雷霆的？

陆景琛没有接话，默默地看着阮千帆自己"啪啪"打脸。

闹得人心惶惶的血迹事件到头来也不过是虚惊一场，杜清野松了一口气后开始收队，回头却看见弯着嘴角的陆景琛，他一口气又沉了下去，揉了揉眼睛确定没有出现幻觉后，他开始怀疑自己大白天见鬼了。

他搓了搓胳膊上的鸡皮疙瘩，加快步子往门外走，一低头撞见一具……"木乃伊"？

来人右脚被绷带裹成一团，一只手抓着包，正艰难地跳上台阶，迎面撞上挡在路中间的杜清野，整个人有些重心不稳，下意识地后退一步，差点就要从台阶上摔下去。

"哎哎哎……"杜清野伸手拽她一把，然后透过她贞子般的长发看清了那张脸，惊叫道，"我靠！孽缘啊！"

他顺手搭过她的肩膀："大姐，今天来O.M卖鱼？"

骆深好半天才回过神来，认出杜清野后，立马不甘示弱地接话："大叔，你可能走错地方了，这里不是精神病院！"

杜清野刚刚搭上她肩膀的手，又忽地松开，骆深被来回晃这一下，面临着再次摔下去的危险，杜清野面对着这么一个要倒不倒的"不倒翁"，注意力才又重新放回到她裹成粽子似的右脚上，幸灾乐祸道："捕鱼时被鱼咬了？"

"你才……"骆深刚要怼回去，忽地想到什么，脸色一僵，收起了刚刚扬高的音调，"车祸！"然后搭着杜清野这个人形拐杖往里走，还不忘白他一眼，目光扫过大厅里来往的人群，开始解释，"前天出门被不长眼的摩的给蹭倒……就成这样了。"

杜清野听完就浮夸地哈哈大笑。

骆深反常地没有骂回去，而是倚着杜清野用力地抬了抬脚。

她平日里在公司人缘不错，这会儿有同事注意到，纷纷围过来嘘寒问暖。

陆景琛准备跟着杜清野回去，刚走过来便撞见被人群围拢在中间的男女主角，他扫一眼一直在解释的骆深，再看到她缠成一团的脚踝，而其余地方毫发未损。

他轻轻地皱了皱眉。

"杜清野！"

杜清野像一只听到召唤的忠犬，立马抛下骆深过来，就差再晃着尾巴吐舌头："景琛，回去吗？"说着，还顺便望一眼他身后不远处的阮千帆，笑嘻嘻地递过去一个眼神。

陆景琛没有看他，目光落在被人群簇拥着的骆深，淡淡地开口："如果追查下去，能查到人吗？"

"这就是一个恶作剧啊。"杜清野有些疑惑，之前陆景琛对"判官"的案子都没怎么关注过，现在却对这么一个小事件突然如此上心，"就看他们公司要怎么处理了，不过说到底既没触及公司利益，又没造成人员伤亡，应该也不会有什么大问题吧……"

碰上陆景琛的目光，他只好继续说："要是真的要查下去的话，肯定也是很容易查出真相啊。不过景琛，说起来这个世界上竟然有比我还蠢的人，这种低智商的事情都做得出来，我也是很服气！"

所以呢？恭喜你找到了愚蠢星球的同类？

陆景琛没有理会继续絮絮叨叨的杜清野，径直朝出口走去，经过围着骆深的人群时，他不轻不重地说了一句："好自为之!"

也不知道对谁说的,一群人愣了愣,重新陷入叽叽喳喳的议论中,而人群里有人却瞬间冷了脸色。

这件事情基本确定是内部人员的恶作剧,好在没有造成任何严重的影响,而时装展在即,黎牧遥只在会议上强调了再出现这种事情绝不姑息,然后便封锁了消息,也没有再闹得太大。

阮千帆虽然有些不快,但为了大局考虑,也没有再多计较追究。

"味谷"餐厅。

陆景琛反常地没有躺在吧台边上的位置睡觉,他拿了抹布,有一下没一下地收拾整理着墙上的酒架,小灿和阿飞每每经过的时候都掩饰不住惊诧的表情。

"哎,景琛,"杜清野歪着脑袋挪到他身边去,笑嘻嘻地问,"我今天看到你跟阮千帆在那儿嘀嘀咕咕了半天,你们俩说什么了,透露一下呗?"

陆景琛没有说话,默默地转了个边继续整理。

杜清野不死心地追过去:"你有没有打算去 O.M 试试啊?老实说,我觉得吧,阮千帆说得很有道理,你加入 O.M

的话，对我们餐厅也确实是百利而无一害，等你以后发展成国际名模了，我就能坐等数……"

数钞票了。

杜清野及时打住，没有将最后几个字说出来，只是"嘿嘿"地笑了两声，满脸的财迷样。

陆景琛回过身来毫不留情地将抹布拍在他脑袋上："杜清野，我论斤卖的话，来钱可能会更快点，你要试试吗？"

杜清野无比嫌弃地将抹布扯下来："我在跟你讲正经的，你别转移话题，不过话说回来，你今天倒是出奇地勤快啊？"

所以，现在到底是谁在转移话题？

陆景琛懒得再搭理这个智障，将抹布重新捡起来拍到他脑袋上："那好吧，现在该你勤快了！"

说完，迈着步子就出了门，身后传来一阵阵凄惨的哀号声。

阮千帆从"味谷"餐厅经过的时候，下意识地别过头朝里间望一眼，小小的餐厅一如既往地挤满了女孩子，没多久竟意外看见陆景琛走了出来。

车子一晃而过，她只得转头去看陆景琛。

黎牧遥单手打一把方向盘，勾着嘴角略微侧过头看她："你之前说已经有了把握的模特，是我今天在公司见到的那位吧?"

"嗯?"阮千帆回过头来,重新坐得端正,反应过来他的意思,眨了眨眼,"黎总有什么看法吗?我觉得他……"

"我说过,这件事情已经交给你了。"黎牧遥看着她难得紧张的样子,轻笑出声,"无论是模特人选,还是别的什么事情,你都可以按照自己的想法去做。即便最后出什么问题,也还有我担着,你只管尽全力去体现你的实力。我给你这个机会,就是想知道,你作为一个设计师所能做到的最大程度,你到底可以有多优秀,至于公司那些人的看法,你也不必太过在意,我手里的 O.M,最后不会留下只有嘴皮子功夫的人。"

"所以,这也是你今晚只带我去见客户的原因?"

黎牧遥依旧一副温温和和的表情,没有说话。

"黎总,其实……"阮千帆其实摸不透黎牧遥的心思,犹豫了半天还是想替骆深说两句话,"其实骆深的能力也不错,而且……"

"我身边的人,除了能力,更需要理智与冷静,我并不喜欢有人在工作中掺杂进感情的成分,今天的事情不就是最好的证明吗?"

最后一句话明显意有所指,阮千帆本就是心思通透的人,再联想到今天办公室的血迹事件,心里猛地一僵,感觉有什么东西在心上划了一道。

"不过话说回来，阮阮，模特人选这件事情你这么坚持，要不是我了解你的能力，也忍不住要猜一下你是不是有什么别的小心思了？"黎牧遥笑着朝窗外望了一眼。

不轻不重的一句玩笑话，让阮千帆想到那道人影，心突突地跳了一下。

"黎总放心，我不是那种不懂分寸的人。"

阮千帆瞥过手机相册里的那张脸，然后按灭了手机屏幕。

第十章

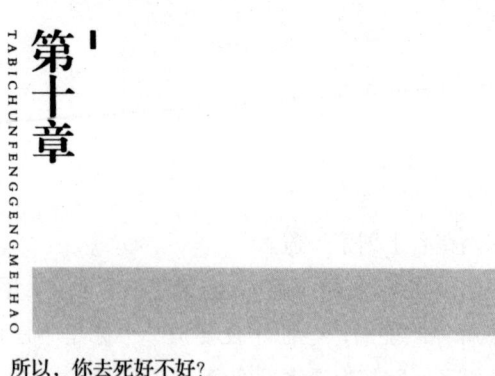

TABICHUNFENGGENGMEIHAO

所以，你去死好不好？

抵达目的地，阮千帆才明白黎牧遥说的"让她放手去做有事他担"这句话的意思。

去见客户不过是对公司那群人的说法，但实际上，说是私人聚会则要更确切一些。

欧式装修的餐厅漂亮通透，米白色长桌旁边立着一整面酒柜，上面整齐排列着各种红酒，在暖白色的吊灯下映出隐隐的光芒。

而席间在座的都是业内叫得上名号的响当当的人物，包括许多阮千帆只听说过的大牌设计师，还有许多知名媒体人，最近让阮千帆头疼无比的模特人选，在场担得起的华裔面孔更是不在少数,而他们与黎牧遥相处起来,丝毫没有在外界的那种拘束与端着的架子。

阮千帆自诩见过场面,但也不得不承认,在这里也有点自卑和慌乱。

"不用拘着。"黎牧遥大概看出来她的不自在,递过一杯果汁放在她面前,"就当是来认认脸。"

阮千帆还惦记着工作的事情,黎牧遥抿了一口酒,笑着别过头来继续解释:"其实今天不过是大家借了个由头在一起聚一聚。"

"看见没?"他顺手指了指门外的一个身影。

顺着他的视线看过去,是一个漂亮的小姑娘,大概有十来岁的样子,棕发蓝瞳,穿着米白色的长裙,触到黎牧遥和阮千帆的眼神,害羞地"噔噔噔"跑开。

"Emma,是 Christian 的女儿,小时候有些轻微的自闭倾向,前几年 Christian 无意中结识了一位华人心理医生,那医生耗了不少心思,小姑娘才慢慢好转起来。"

有服务生经过,黎牧遥别过头递上两份提前准备好的礼物,低声嘱咐了几句,又回过头来笑了笑:"这几年相处下来,Christian 总开玩笑说,现在小姑娘对医生的感情比对他的感情都要深!这不,今天是那位医生的生日,小姑娘一早起来就吵着要给医生姐姐过生日!"

阮千帆斜着身子朝外探了探头。

一抹黑色的衣角从门外一闪而过，阮千帆只瞥见半张模糊的侧脸，仿佛又看见那双弯弯的带着隐隐笑意的眼睛，并不清晰。

说不出为什么，她的心蓦地惊跳了一下。

身旁仍是说说笑笑的声音，有人热情地递酒给她，阮千帆心神不宁地接过，然后一饮而尽。对方显然也有些错愕，笑着打趣她好酒量。几个人正说话间，刚刚跑开的小姑娘又慢慢地走了进来，她依然有点害羞，走走停停，好久才蹭到阮千帆身边。

"姐姐，"小姑娘有点脸红，半靠在她怀里，犹豫了很久才伸出手来，慢吞吞地去拽她的衣角，小心翼翼的语气像是一不小心就会受到惊吓逃窜开的小麋鹿，"你能不能……陪我出去，给医生姐姐……切蛋糕……"

小孩子的眼睛澄澈清明，漂亮得不像话，阮千帆看着就心软，那些杂乱的心思也慢慢被抛到脑后。

她回头看一眼黎牧遥，得到应允后她轻轻地牵起小姑娘的手："好呀，姐姐陪你一起出去。"

她刚刚站起身来，小姑娘却挣脱了她的手，兀自迈着匆匆的小碎步朝外跑起来。

阮千帆看着转眼就消失的小身影，宠溺地笑了笑，然后紧跟着追过去。

从餐厅出去，穿过长长的走廊，再越过一扇小门，便是半开放的美式庭院，周围种着郁郁葱葱的绿植，阮千帆找不到小女孩的身影，只好独自绕着庭院四周转了转。

"Emma？"

没有人回应。

阮千帆有些不放心，大概是喝了酒的缘故，总觉得脑袋沉沉的，她慢慢地蹲在地上抬起一只手用力拍了拍脑袋。

"Emma，你还在吗？"

话音刚落，身边便传来细细碎碎的脚步声，阮千帆还没来得及回头，眼睛便被一双温热的小手捂住："姐姐……"

是 Emma 的声音，她想要扒开 Emma 的手回头，却闻到一股特殊的气味，只觉得整个人有点发晕，浑身软塌塌地就要倒下去，隐约间听见小女孩跟人说话，听不清楚具体内容，只恍惚觉得是一个女人的声音，似乎是两个人在玩什么游戏。

她想回头，想要听得更清楚些，可浑身无力，意识也越来越涣散，最后落在她耳中的是 Emma 被逗得哈哈大笑的声音。

也不知道过了多久，迷迷糊糊间，阮千帆感觉自己躺在一个凹凸不平的冰冷物体上，她想睁开眼睛，却发现眼皮沉重，手脚都使不上力气。

耳边还有淡淡的声音，像从很远的地方飘来，温柔而甜美，有种莫名的熟悉感，阮千帆使劲在脑海中搜索，却什么也想不起来。

手腕上是冰冷的金属触感。

她第一时间想到的竟然是初见陆景琛时，他摆弄军刀，利落地割掉她一绺长发的场景。

脑海里有很多凌乱的想法闪过，最后却落在"她还没有说服陆景琛做 O.M 时装展的主模"这件事情上。

真是敬业啊！阮千帆想着，不禁想嘲笑自己，可是连勾动嘴角的力气都没有。

手腕上的冰冷物体划动，力度却不重，似乎带着犹豫。

耳边是甜得黏腻的女声，夹杂着意味不明的隐隐笑意，阮千帆听得模糊，只觉得头疼到不行，太阳穴突突直跳，她有些辨不清那道声音究竟来源于哪个方向。

"阮千帆？"手腕上的力道加重，有金属划过皮肤的感觉，倏忽又消失，"你喜欢我们陆……"

手腕上的东西蓦地离开，她的声音也变得远了几分，似乎说了一个名字，但阮千帆没有听清楚。

"可惜啊，他只喜欢我！今天是我生日呢，你信不信，他肯定会过来的。"女人踱着步子自言自语，忽地又蹲身靠近，阮千帆甚至能感觉得到她温热的呼吸，"你猜他过来的时候，看到你的尸体，会不会难过呢？"

"会啊？"女人忽地愤怒起来，"不可能！他只喜欢我！只有我！"

"所以，你去死好不好？"她甜腻的声音附在她耳边，"我不能让任何有可能撼动我地位的人留在他身边，我不允许，你听到了没有？"

阮千帆心里猛地惊了一下，意识都有一瞬间的清明，若非有深仇大恨，又何至于让这个人有将她置于死地的这种想法，可是她根本辨识不清楚对方是什么人。

阮千帆偷偷用力去咬舌尖，试图用疼痛刺激来使自己保持清醒，去理清这些事情的始末。

她跟黎牧遥去参加聚会，然后跟着 Emma 去了院子，之后呢？

她再想不起来别的任何事情。

四周有明显的风声，她猜测自己大概已经不在之前那个餐厅院子里了，可是，身后这个女人究竟是什么人？这个女人为什么费尽心机要带自己来这个地方,又为什么动了杀她的心思?会不会与杜清野手头的"判官"案有关联?

阮千帆头疼得厉害,怎么也理不清楚,混乱中又忍不住想到之前出现在自己办公室的血迹,那真的只是个恶作剧吗?还是说,她真的已经被什么人盯上了?

阮千帆觉得脑袋里好像有许多抓不住的细碎线索,但怎么也理不清。

身边的脚步突然顿住,鼻腔猝不及防地被微甜的气味填满,她感觉被人拖动着,紧接着意识开始涣散,陷入沉沉的睡眠中。

两束昏黄的车灯穿透薄薄的夜色,直直照过来,车子停下。

陆景琛隔着挡风玻璃朝远处望一眼,深深吸一口气,这才打开车门,山上风很大,越过层层叠叠的丛林,带着草木特有的清新气味一拥而进,迎面而来的山风迅速将他的头发吹得散乱。

他倚着车子站定,摸索着一层层撕开烟盒上的塑料,单手拢着将烟咬在嘴里。

"吧嗒"一声,火光闪烁着又熄灭。

犹豫了一下,最后他还是收起了烟,他的神色也在一闪而过的亮光中暗下去，沉默着站在那里许久，然后仰头用力闭了闭眼睛，侧身从车里拿出来一束花抱在胸前，抬脚往前走去。

墓碑上空白一片，不见葬者名姓，只有末尾隐约写着"立碑人陆景琛"这几个小字，光秃秃的石碑立在那里，映着淡淡的夜色，有种说不出的凄凉孤寂气氛。

她跟在他身后无理取闹的场景都还历历在目。

最后一次见她的时候，她拗着脾气非要让正在执行任务的他送她回家，他那时候在想什么呢？他心心念念的全都是在逃的嫌犯，没有任何犹豫地直接掉转车头，从她身边疾驰而过⋯⋯

可哪里想到，就在那一次之后，女孩鲜活的一条生命转眼变为一抔黄土，他甚至连她最后一面都没来得及看到，连一句抱歉都没有说出口的机会。再后来，他立下这座聊以纪念的空墓碑，却不知道该以什么样的立场来刻下她的名字。

以兄长？以男友？还是⋯⋯杀人凶手？

陆景琛对着墓碑，露出自嘲的笑。

那时候多年轻啊，总觉得自己所向披靡，战无不胜，可到头来，却也正是那些自以为是的自信心，毁掉了身边人。

他弯腰将花束放在墓碑前,嘴角动了动,放在心里很久的那句对不起还是没能说出来。

"咚"的一声。

像有什么重物倒下去的声音。

陆景琛直起身来,眉头紧紧皱在一起,目光环视四周。这是一座没有被开发的小山,地处于延江市最东侧的郊区,往日里除了住在附近的居民偶尔上山以外,很少再有别的人过来,但眼下已经是夜里,按说不会有人再上山,而这种小山丘也不太可能有什么大型野生动物。

他几乎本能地从身后摸出军刀攥在手里,放轻了脚步,朝着刚才发出声响的方向试探着挪过去。

夜晚风很大,有零碎的树叶被吹落,发出簌簌的细微声音。

他偏了偏头,身形微侧,做好了随时搏斗的准备,绕过墓碑,周围空无一物,除了风穿过树林的声音以外,整座小山安静得不像话,再没有任何多余的可疑声响,他几乎要怀疑刚才那道钝重的声响是幻听。

他往回退一步,视线落在地上那只纤细的脚踝上,顺着脚踝往上,他看到倒在地上的那个熟悉人影。

"怎么是你？"

他收了手里的军刀，两三步跨过去，眉头紧紧皱成一团，这个时候，她怎么会出现在这个地方？

陆景琛蹲身，单手扶起她的脑袋，拍拍她的脸，温热的触感传至掌心的位置，他心里忽地软了一下。

"阮千帆？"

他唤了几声，阮千帆却一直没有任何反应，饶是一向冷静如他，也忽地生出一丝慌乱。

他想起来那晚杜清野将她抱回"味谷"的场景，为了说服自己参加 O.M 时装展，已经连续加班熬了几个通宵的她，仍然固执地在餐厅等到深夜，结果回去的路上遇到醉鬼不说，竟然还因为过度疲劳当场昏厥，如果不是杜清野恰好路过……

他不敢再想下去。

这一次呢？

他低头看看面色苍白的阮千帆。

所以，为了劝说自己加入 O.M，这次她也偷偷跟着过来，然后又再次晕倒？这次又加了几个通宵的班？

这次晕倒在这种荒郊野岭，若不是被他发现，恐怕要命丧于此。

这个女人还真的是……比他想象的还要固执得多。

他抬头看见树林尽头那条小路上，隐约露出的一束车灯，忍不住暗暗嘲笑自己。不过几年而已，被阮千帆开车跟了一路，自己竟然都没有察觉？

陆景琛眉头垮下来，脱掉自己的外套披在她身上，伸手绕过她的腿弯，一个用力弯着身子将她打横抱起。

车子很快发动，在扬起的落叶里疾驰而去。

不远处，有黑色的人影闪过，放在墓碑前的那束花被人拿起，随后响起几声低低的笑，手机屏幕微弱的灯光映着一双弯弯的眼睛，连眼角都仿佛染着笑意："你说你会看着的，你说他只喜欢我一个人的！"

"可是他现在却抱别的女人！"她的笑意褪去，声音里满是恶狠狠的毒辣。

对方不知道说了什么。

女人的笑意越发阴狠："我不会允许他背叛我！"

一阵风吹过，脚步声远去，墓碑前落满被捻得稀烂的花瓣。

第十一章

TABICHUNFENGGENGMEIHAO

所以,"判官"的下一个目标是你?

阮千帆醒来的时候,天还没有大亮,睁开眼睛身边是杜清野一张浮夸的脸。

"哎哎,阮阮……景琛!快,快过来,阮阮醒了!"

一阵不急不缓的脚步声从楼梯处传过来。

"死不了!"

陆景琛从门外走进来,板着一张脸看都没看阮千帆一眼,兀自喝下一口水:"第二次了,阮千帆,你还真的是为了工作不惜抛却一切?"

阮千帆头还疼得厉害,她没太听明白他的话,对他语气里突如其来的怒火更是有些莫名其妙。她用手撑着身子坐起来，盯着陆景琛手里的水杯，犹豫了一会儿，别过头对着杜清野说："我想喝水。"

杜清野"噌"地站起身来，横了陆景琛一眼，以一副"你怎么这么不懂事"的家长模样直接从陆景琛手里抢来杯子递到阮千帆嘴边："喝吧喝吧，不用客气，你看那家伙刚刚试过，温度肯定刚刚好！"

阮千帆无语地看着他递过来的杯子，脸上有一闪而过的绯红。

"她是没有手吗？"陆景琛往前两步，在杜清野头上拍了一把，直接从他手里夺过杯子，放在阮千帆手上，"要喝水自己来，这么大人了还需要喂？"

"能为美女服务是我的荣幸！"杜清野嬉皮笑脸地说着，顺便从床边跳开来躲过陆景琛第二次的"摸头杀"。

"阮千帆，"陆景琛沉了脸色，一本正经地开口，"我说过我不会去O.M参加服装展的，所以，你以后不必再千方百计地跟着我尝试说服我，你再有这种半途晕倒的事情，我可不能保证下次还能救你回来。"

"你在什么地方遇到我的？"

阮千帆喝着水的动作忽地停住，像刚刚想到什么重要的事情一样，神色严肃起来："我晕倒是跟上次一样的原因?"

陆景琛嘴角动了动,直接反问:"不是吗?"

"如果我说不是,你信吗?"

陆景琛低了低头,错开她的眼神,不再跟她这么幼稚地计较下去:"那你先说说,今天这件事情到底是怎么回事?"

阮千帆也没有拗着倔脾气,将这一天经历的所有事情一五一十地讲出来,只是关于昏迷时听到的那些话,她记不大清楚,自然也就没能说出来多少。

"所以,不是你自己开车跟着景琛过去的?"杜清野拧着眉头,烦躁地挠了挠头发,"你怀疑自己被'判官'盯上了?也就是说,景琛最后看到的那辆车,其实就是凶手的?"

"所以,'判官'的下一个目标是你?"

阮千帆拿不准主意,只是直觉而已,真要说的话,也说不出个所以然。她回头看向陆景琛,他眉眼低垂,似乎在仔细思考着什么事情。他整个人背靠着门边的栏杆,淡黄色的灯光从他头顶落下来,越发衬得他五官深邃,凝重的神色也多了一层荫翳。

很久没有见过陆景琛这样认真的模样。

杜清野感叹一声,心情变得明朗,有陆景琛出手,案件被侦破大概也指日可待了吧。

"或许,幕后凶手真正所针对的,并不是阮千帆呢?"陆景琛忽地抬起头来,像自言自语般,然后看一眼阮千帆,又迅速移开视线。

"其实也没事,你不用太过紧张。"陆景琛跟阮千帆说着,但伸手拍的是杜清野的肩膀,"你的金主就交给你来保护了,给我一点时间,我来跟进'四号判官'的案子,怎么样?"

杜清野有些愣神。

陆景琛明明云淡风轻的样子,可阮千帆却越发觉得事情复杂。

她将杯子重重地放在桌上:"杜清野,如果防卫过当致人重伤或死亡,会怎么样?"

"啊?"杜清野一时无法接受突如其来的这么大跨度的问题。

陆景琛看了看一脸严肃的阮千帆,没忍住笑:"所以,你现在是已经做好了徒手抗击对方的打算?"

他有时候真的想知道这个女孩是什么样的脑回路,作为一个女孩子,这个时候不是应该想着寻求保护吗?她的第一反应竟然是想要自己动手,而且,还有心思咨询后果处理?

阮千帆被看得有些不好意思，别过脸去按了按依然发疼的太阳穴。

身后有阴影靠拢，她额角添上一道更重些的力道，她整个身体都僵住，胸腔里仿佛被人用重锤敲击着，咚咚直响，她一动也不敢动。

"你放心，要是你真的能徒手击败歹徒，"陆景琛靠近一些，低沉的声音里染上漫不经心的笑意，"到时候我颁奖给你。"

阮千帆轻咳了两声，吞吞吐吐半天，最后仍然是逞强的语气："你就是这么看不起别人的？"

其实，她心虚得厉害。

她侧着身子斜靠在床头，头微微后仰，双眼紧闭，眉头皱在一起，双手不自觉地绞着，虽一旁的陆景琛帮她按着额角让她放松，但她的心思仍百转千回，许多错乱的画面在脑海里浮过。

他的指尖有些冰凉，落在太阳穴上的力度却恰到好处。

她理不清头绪，闭着眼睛任由他按着，神经却还是慢慢放松下来，恍惚间又有困意袭来。

陆景琛看着她缓缓舒展开来的眉头，安安静静的、一脸享受的模样，忍不住弯了嘴角，他没继续理会她的逞强，一只手扯过挂在旁边的衣服丢到她手里："别太担心，跟重案没什么关系，穿上外套下去吃早餐，等会儿我送你去公司。"

杜清野自觉得不行，立马笑呵呵地将车钥匙双手奉上。

在陆景琛转身的片刻，他又拽住钥匙，压低了声音："景琛，你觉得最近发生在她身上的这些都只是无关紧要的恶作剧？"

陆景琛没有说话，略微用力直接从他手上拿过钥匙，瞟了杜清野一眼，转身就要走。

"你真的觉得这次的事情跟案子没有关系？"杜清野不依不饶追了两步上去，"那你为什么要亲自送她去上班？"

这句话问出来，怎么总觉得哪里不太对？

杜清野露出一种发现惊天秘密的表情，抑制不住熊熊燃烧的八卦之火一直追到楼梯口。

"恭喜你问了一个很有价值的问题。"陆景琛似乎有些烦了，他忽地站定回身过来上下打量杜清野一番，"那……给你一个为美女服务的机会！"

他将手里的车钥匙一把丢进杜清野怀里，转身直直往门外走。

"啊?"杜清野咧了咧嘴,追着问了一句,"那你干什么去?"

"我去队里再看下案子的资料!"陆景琛头也没回,背对着他挥了挥手。

杜清野又惊又喜,回头看到正专心吃早餐的阮千帆,转了转眼珠,动了小心思,然后拔腿就朝门口冲过去:"陆景琛,等一下!"

因为下雨的缘故,早上七点的时候,天色还有些暗。

路上堵得厉害,后面的喇叭声与不耐烦的叫喊声此起彼伏,阮千帆有一下没一下地揪着安全带,视线落在不停晃动的雨刷器上,偶尔装作不经意地朝驾驶座的方向瞄一眼。

陆景琛扶着方向盘,低垂着眉眼,不知道在想什么,却难得一副颇有耐心的样子,敛去了平日里的懒散颓废,整个人有种说不出的硬朗气质,看着便让人安心。

猝不及防地撞上他转过来的目光,阮千帆立马别过脸去。

"好看?"他语调温温和和,夹杂着揶揄的笑意。

阮千帆一下子红了脸,她装模作样地看着窗外,一本正经地解释:"我是在想,O.M 的待遇那么好,你为什么怎么都不肯去做时装展的主模,你不是很有人气吗?锦上添花的事情为什么反倒不愿意了?"她叽叽喳喳地说着,试图转移注意力。

"餐厅的事情包括你在网上看到的一些我的背影照片,都是清野一个人折腾起来的,所以,人气这些东西,其实我不感兴趣。"

阮千帆一时接不上话,又莫名地觉得这样安静下来有些尴尬,于是很快换了话题:"陆景琛,你还没告诉我,昨天晚上我晕倒在哪里?"

前边的车子开始缓慢前行,路上疏通了不少,陆景琛没有回答她的问题,低头看了一眼时间,然后跟着行驶数百米,打一把方向盘后,车子转进右侧的小巷,越过两个路口之后,上了一条车流量小了许多的小路。

"我记得自己稍微清醒一点的时候,听到周围有比较大的风声,空气也很清新,我的意思是,不像平时呼吸的各种味道混在一起的空气,"阮千帆继续说着,闭了闭眼睛,"像有很多树的地方,所以我猜应该是比较荒凉的地方。但是,陆景琛,你为什么会去那里?"

陆景琛脸上的笑容淡了几分,车里重新陷入冗长的沉默。

良久之后,车速变缓,他伸手解开安全带:"你是服装设计师,所以筹备好你的时装展就好,至于其他的事情,你不要声张,交给我来处理就好。"

他开了车门,刚刚侧过身子,衣角被阮千帆一把拽住,她还想再说些什么,陆景琛笑了笑,拂开她的手:"如果我说,我保证你不会出任何问题,这样你会不会觉得安心一些?"

他看着她的时候,瞳孔漆黑,有种让人镇定的魔力。

他下车撑着一把伞绕到副驾位置,将手里的另外一把伞递到她手上:"杜清野回队里了,等你下班了打电话给他,下午顺路送你回去。"

"你知道我住哪里?"

这次换陆景琛愣了一下。

"住哪里都顺路,"他侧过身子让开路,"杜清野除了这点,也再没别的用处了。"

阮千帆一囧,果然队友都是用来坑的吗?

阮千帆刚往前走了两步,身后传来骆深的声音。

"阮阮!"她一上来便立马注意到套在阮千帆身上的黑色男士外套,脸色有些不好看,"昨晚你跟黎总出去干吗了?他还打过我电话问你有没有回去?"

说到这里，阮千帆忽然想起来昨晚自己跟着小姑娘出去后发生的那些事，也不知道 Emma 有没有出什么事，她急急问道："黎总？他有没有说 Emma 怎么样？"

"什么 Emma？"骆深眉头拧紧紧的。

阮千帆注意到骆深越来越不好看的脸色，知道自己说得越多只会让她想得更多，只好闭嘴没有再说下去。

"阮……"骆深注意到旁边的一道目光，望过去的时候看到陆景琛沉着的脸，他撑着伞站在一边，没有上车的意思。

他没有看骆深，只是朝阮千帆晃了晃手机："下班记得打电话。"

骆深想到什么，不由得有些心虚，再看到阮千帆身上的外套，忽然有一种不好的预感。

"阮阮，模特的事情，黎总其实有打算让 Ferdinand·Opry 出场的，你跟他两个人……你这次该不是已经跟陆景琛谈妥模特的事情了吧？他今天过来签合约？"

骆深语气里有些掩不住的着急。

看眼下这样子，这两个人的关系非同寻常，而阮千帆之前一直坚持要用陆景琛，依照她的性格，能够那么坚持，想必已经是有了十足的把握。如果陆景琛应下模特的事情，那黎牧遥无疑对阮千帆会更看重，她根本就没有了出头的机会，只会在黎牧遥眼里落得一个心思复杂却没有能力的平平印象。

骆深的心思越来越复杂。

第十二章

TABICHUNFENGGENGMEIHAO

说什么为我好,不过是为了方便你自己吧?

进了公司,阮千帆直奔黎牧遥办公室,确定 Emma 没事之后,拿了当时自己落下的包转身就要走。她并不想跟黎牧遥说起昨晚那离奇的境遇,下意识地觉得这个事最好不要让更多人知道为好,陆景琛说交给他处理的那一刻,她就没来由地完全相信了他。

她想找个借口敷衍过去,但黎牧遥看样子并不打算轻易相信。

"黎总,"阮千帆压低了声音,"昨晚我走之后,聚会上没有发生别的事情吧?我是说包括 Emma 在内的所有人。"

黎牧遥看着她小心翼翼的模样，忍不住皱了皱眉头："没有，Emma也一直都在，好像还因为没找到人哭了一次。"

想到黎牧遥说过小女孩曾是自闭患者，这类小孩儿心理应该都比较脆弱吧。虽然昨天的事情不是阮千帆有意而为，但想到这里，她还是有些愧疚："下次替我向小姑娘道个歉吧？"

"阮千帆，昨晚到底发生了什么事？"见她仍然固执地不肯开口，向来温和的他也不禁提高了音量，"你还是O.M的员工，即使是为了公司利益，我也得确保你的人身安全。"

这是阮千帆第一次见他愠怒的样子，知道他是为自己担心，她动了动嘴唇，犹豫了一下，不确定自己是否该将这些事情说出口。

"说！"

黎牧遥将她的包拿过来放在身后，然后整个人往后靠在椅背上，做好了听她说完的准备。

阮千帆见状，拉了一把椅子在他面前坐下来，将事情的始末说得清清楚楚。

黎牧遥的眉头越皱越紧，末了拿出手机问道："为什么不报警？"

"我的一个朋友在省警队，"阮千帆阻止了他报警，没有提及陆景琛的事情，只简单带过，"我怀疑这件事情涉及之前的案子，所以黎总，我知道你的担心，但是我们不能打草惊蛇。"

"阮千帆！"黎牧遥崩溃扶额，"你知道现在是什么情况吗？你这样根本就是用自己在做诱饵，你知道自己正处在多危险的境地吗？"

阮千帆有一瞬间的愣神。

黎牧遥说得没错，如果这件事情真的涉及案件，那她现在所处的无疑是最危险的境地。可是自从脱离昨晚的险境，她在陆景琛身边，却无意中对他产生了绝对的信任和依赖，从来没有考虑到自身的安全问题。

所以现在，陆景琛对她来说，是一种什么样的存在呢？

阮千帆摇了摇头，不敢再深想下去，她深吸一口气，尽可能地恢复冷静与理智："黎总，我知道你是替我考虑，但是，如果真的是我怀疑的那样，就算我现在报警，在毫无线索的情况下到底是警方的破案速度快，还是打草惊蛇以后凶手再作案的速度快呢？"

黎牧遥直起身子，蹙着眉头，沉思片刻。

"黎总你放心，之前出事是因为毫无准备，现在不一样了，我可以保护好自己，公司的事情也不会落下半分。"阮千帆信誓旦旦地保证，顺手将文件往黎牧遥面前推了推，

"这是已经确定下来的时装展合作方,你先看下。"

"骆骆?你站在这里干吗?"

小晏从门外经过,看到站在通往总经办的转角处一动不动的骆深,疑惑地拍了拍她的肩膀。

骆深瞬间弯下腰一只手捂住胃部,回过头来扬了扬手里的报表:"没事,没事,我本来想送文件进去,突然胃抽着疼,你快去忙吧,我可能是因为没吃早餐,缓一缓就好。"

她扶着旁边的墙壁慢慢靠上去,等到小晏走了之后,又扬了扬头透过玻璃朝里边看了阮千帆两眼,嘴角有一闪而过的笑意。

快下班的时候,阮千帆还没来得及打电话给杜清野,小晏就过来敲办公室的门,说话吞吞吐吐:"阮姐,骆骆说她胃疼得有些厉害,你们住一起的,今天你能不能提前几分钟下班送她去医院一趟啊?"

阮千帆雷厉风行的风格大家都知道,从来没有提前下班的时候,平日里虽然和骆深住一起,但她几乎每天都要留下来加班,两个人基本上没有一起回去过。

"阮姐,"小晏看着阮千帆无动于衷的样子,有些着急,"骆骆她早上那会儿就有点不舒服,一直撑到⋯⋯"

"小晏,"阮千帆抬头看了他一眼,将手里的一沓图纸分类整理好,这个时候喊杜清野过来肯定来不及,她想了下拎着包就往外走,"帮我关电脑后,去外面叫车,我先去看看骆骆。"

小晏松了一口气赶忙应着。

骆深坐在座位上,之前受伤的那只脚还裹着纱布,她上半身前倾弯下去,捂着胃缩成一团,见阮千帆过来还有些不好意思,嘴上还在逞强:"我没事,你不是还跟人有约吗?不用顾我。"

"黎总今天下午还在忙,没工夫过来。"阮千帆压低了声音说道。她以为骆深逞强是为了等黎牧遥过来,看不惯骆深拿自己健康不当回事的固执样子,语气都硬了几分,"你不跟我去医院,可能今天得死在这儿!"

听到去医院的时候,骆深脸色有一瞬细微的紧张:"不去医院,家里有药,阮阮你送我回去睡会儿就好!"

阮千帆原本以为她还要再继续死撑着,没想到她这么容易就服软了,只是死活都不肯去医院。看着骆深那虚弱的样子,她也没再坚持下去,在几个同事的帮忙下扶着她上了出租车。

阮千帆在一干人诧异的眼神中,绕到车前拍了照片发到群里，末了还特意叮嘱小晏记下来，如果有什么事情就报警。周围几个同事面面相觑，就连出租车师傅都哭笑不得地打趣道："姑娘，这天都还没黑，就市中心这十几分钟的路程，我能把你怎么样，我就那么像坏人吗？"

"阮姐，你们家阳台上该不会还刻意挂了男人的衣服，鞋柜里还放了男士拖鞋，门口垃圾袋还会特意放剃须刀盒子吧？"阿青想到网上流传的'单身女性安全指南'，弱弱地接了一句。

饶是骆深听到了她与黎牧遥在办公室的对话，再看到她现在这种草木皆兵的举动，也还是有些惊愕。

阮千帆笑了下没有解释。

回到家里，阮千帆找了药，又烧了热水，看着骆深躺下，她转身出去给杜清野打了通电话，告诉他自己已经安全到家，以免他再被陆景琛使唤着去O.M跑一趟。

杜清野也不知道在忙着什么，那边隐约有噼里啪啦快速敲击键盘的声音，确定阮千帆安全后，他又匆匆叮嘱了几句晚上多注意之类的话就挂断了电话。

外面雨势不减，天色已经擦黑，有雨滴不停地落在玻璃上，发出叮叮咚咚的声响。

骆深吃了药已经睡过去，房间里没有一丝亮光，空荡荡的客厅里,也只剩玄关处一盏暗黄的小灯。

阮千帆站在窗前,望着湿漉漉的雨幕,许多纷乱的场景在脑海里掠过。

"啪——"

她忽地利落转身,快步绕屋子一圈,将包括卫生间在内的所有照明灯全部打开,顿了顿,她又去开了骆深房间的灯。她似乎还是不放心,又反复检查了几遍门锁,拖了一把凳子放在门背后,甚至从厨房里拿出水果刀放在伸手就可以拿到的地方。

刚准备好这些,门就被很大力地地拍得啪啪作响。

她不由自主地颤了一下,瞄了一眼挂在客厅正中央的时钟,接近八点的样子,敲门声越来越急促,落在空荡荡的屋子里显得格外突兀。

她下意识地摸了摸刀柄,深深吸一口气,连脚步都放得极轻。

猫眼里漆黑一片,什么也看不清楚,她侧了侧身子,一个用力开了门。

"砰"的一声,门被狠狠撞击在墙上。

"有快递,签一下!"

门外的快递小哥淋得浑身湿透,声音里都带着明显的不耐烦，在看到阮千帆拎在手里的水果刀时，他脸色都变了变，盯着她的眼神也带着几分惶恐。他喉结动了动，态度大反转："那个……您好，您有快递，麻烦……签收一下。"

见阮千帆站在那里胸膛起伏的样子，快递小哥挤出一个比哭还难看的笑，又补上一句："真的不好意思，今天天气不好，所以……送过来有些晚，对不起！"说完还躬了躬身子。

阮千帆回过神来，咳了两声，接过盒子三两下签了名，快递小哥撕下签收联，以见鬼一样的速度立马溜出去。

"骆骆，快递我帮你放阳台了。"

阮千帆将盒子随手放过去，冲着骆深的房间喊了一声，然后进了厨房开始准备食材。

想到快递小哥逃跑的模样，她忍不住叹一口气，好像是自己太过神经紧张了。

可是，那天被人带出去的场景还历历在目，如果陆景琛没有凑巧出现，后来会怎么样呢？

她从冰箱里拿出一小盒肉开始清洗，滑腻腻的触感在指尖散开。

有树有风的荒凉地方，会在哪里呢？陆景琛又为什么刚好出现在那里？

她想到电影里面的场景，主角总能一眼就察觉到各种细节问题，会因为一点咖啡渍、半张碎纸片，或是别的蛛丝马迹而直接推测出对方一天的行程等。即便被蒙住双眼，也总能凭借声音或其他触觉来辨别出许多有价值的东西。

她闭了闭眼睛，默默回想了一下，睁开却是徒劳。

那天的场景里，除了风声和草木的清新气味、甜腻温婉的声音，她实在再回忆不起来任何事情。

朦胧间抓住那一抹声音，阮千帆眯了眯眼睛，总觉得有些熟悉，好像在哪里听到过。

她那天说了什么？

"撼动地位？"阮千帆用手背砸了砸脑袋。

地位？

难道是自己在公司里得罪了人，所以引得对方心生不满而想要置她于死地？虽然自己做事强硬，但从来对事不对人，也从来没有做过会让人憎恶到这种地步的事情啊。

阮千帆打开水龙头，开始清洗蔬菜。

可是那个人说了什么"喜欢"，又有什么"不允许"之类的字眼，到底又是什么意思呢？还有凑巧出现救自己回去的陆景琛，他为什么会出现在那个偏僻的地方？

阮千帆没有任何头绪，她将切好的食材装进盘子里，两根手指捻了捻，指尖的黏腻感怎么也去不掉，于是转身进了卫生间。

"嘶——"

阮千帆刚刚走到卫生间门口,整个人倒吸了一口冷气,几乎下意识地闭上眼睛,三秒钟之后重新睁开眼睛,她一下子捂住口鼻冲了出来。

像幻觉一般。

横放在卫生间内侧的浴缸里满是鲜红的液体,阮千帆手撑在沙发上,一条腿跪在地上,她竭力克制着心里的恐慌,可是无数凌乱的画面在脑海中闪烁:女人甜腻声音、办公桌上抹得到处都是的血迹、手腕上冰冷的金属触感……瞬间通通袭来,她无力地垂下头,只觉得胸口发闷。

良久之后,她才崩溃地哑着嗓子喊了一声,发泄般随手将桌上的杯子猛地摔下去,客厅里发出玻璃破碎的声音。

"阮千帆,你疯了是不是?"

骆深用力将房门甩开,语气里满是不加掩饰的怒气:"大晚上把灯全部打开,现在又到处摔东西,你还让不让人睡觉了?"

看着阮千帆发白的脸色,骆深嘴角有轻微牵动的痕迹。

阮千帆用力地闭了闭眼睛,努力让自己冷静下来。

"骆骆,我们家刚才有没有人来过?"她声音里还夹杂着隐隐的颤抖。

"没有。"

骆深不耐烦地走过去扶阮千帆一把,却被阮千帆固执地甩开。

阮千帆白着一张脸往卫生间方向走去:"你有没有看见浴缸里……"她没说完的话蓦地顿住——刚才还鲜红一片的浴缸,此刻干干净净,花洒时不时还有几滴水滴落下来,清明一片。

就好像刚才那一幕只是她生出的错觉。

手机忽地疯狂振动起来。

阮千帆的脑门起了一层薄汗,良久之后才从惊吓里恢复过来,摸出手机按下接听键。

"阮阮?"黎牧遥松了一口气般,"你在哪儿?我才处理完事情,去你办公室的时候发现你不在……你没事吧?"

阮千帆听着电话里的声音,有种从梦境里走出来的感觉,她咬紧嘴唇,好半天都没有说出话来。

"阮阮?"见这边迟迟没有反应,电话那端的声音急了。

骆深看着阮千帆的反应,不由得别过头朝阳台上看了一眼,新打开的快递盒子还没有丢,里面还有卖家赠送的紫色染发剂样品。

她回过头来看一眼阮千帆，心中又隐隐生出几分不忍，她上前一步从阮千帆手里拿过手机："您……"

"好"字还没说出口，便听到电话那端的黎牧遥说："今天早上你跟我说的那些事情，我想了想，原本你和朋友间的事情我不该插手，但是阮阮，上次的血迹事件其实……"

骆深心口一紧，没听完后面的话就直直挂断了电话。

阮千帆伸手拿回手机，她额角还沁着一层细细密密的汗珠，却强打着精神一边按下回拨键，一边问着骆深："黎总这个时候打电话过来，说了是什么事情吗？"

她想问是不是有什么工作上的事情，但话落在骆深耳朵里，就有了几分别的意味，心虚与愤恨一起涌上心间。

骆深上前一步，从她手里夺过手机将还没来得及拨出去的号码删掉。

她涨红着一张脸，歇斯底里："阮千帆你凭什么？你不是说过自己和黎牧遥没有半分工作以外的关系吗？"

如果真的没有半分工作以外的关系，他那种着急关心的语气从何而来？他那么理智冷静的人，又何至于插手一个小小的恶作剧事件，插手两个女生之间的事情？

骆深想到黎牧遥对待阮千帆的态度，想到他其实已经清楚自己的所作所为，就愤恨到不行。

阮千帆还僵在原地，对于骆深突如其来的发火，有些愕然。

"阮千帆，你口口声声说为我好替我着想，结果呢？"骆深冷笑两声，"我辗转各处投递简历，好不容易才被O.M录用，你却连简历都没来得及拿出手，就被黎牧遥亲自接来公司。阮阮你扪心自问，我哪里比你差？进入O.M我是小助理，你却可以直接负责大型时装展活动。我辛辛苦苦找来模特，甚至连预约事宜都准备好，可结果被你两三句话批得一无是处！凭什么所有的事情都要按照你的想法来呢？你说你不会喜欢黎牧遥，可是连出席活动他都带着你，他处处护着你替你考虑，你说你们是普通同事关系？阮千帆是你瞎，还是当我傻？"

骆深有些崩溃，声音里都带上淡淡的哽咽："全公司那么多人，为什么他偏偏接送你上下班？你一再地在他面前驳我的面子，不让我跟他走得太近，可是你呢？说什么为我好，不过是为了方便你自己吧？"

阮千帆看着骆深盛怒的样子，浑身冰凉一片，原来自己之前替她考虑的所有事情，落在她这里都变成了针对她的别有用心。

可是这些事情,她要怎么才能解释得清楚呢?

如果两个人之间已经没了信任,说再多都不过是没有意义的辩驳罢了吧?

既然骆深把这些话都说开了,阮千帆反而冷静下来,她咬了咬嘴唇,将刚刚几乎要脱口而出的话慢慢咽下去。

她将手机装回外衣口袋,伸手抽了两张纸帮骆深擦去脸上的眼泪,扯出一个淡笑:"骆骆,如果你真的觉得我所做的事情对你造成了伤害,我在这里跟你道歉。"

她的声音平静得没有一丝波澜:"对不起。"

"我煮了粥在厨房,"她偏了偏头,视线绕过骆深,落在她身后墙壁上的时钟,"这个点应该熟了。"

她将手里的纸巾丢进垃圾桶,转身走到玄关处拖开之前因为害怕压在门上的凳子,打开门:"骆骆,你冷静一下,如果之后还是觉得……"她顿了顿,"还是觉得我对你都只是利用的话,我们以后可以分开住,我也不会再做那些你觉得是多管闲事的事情。"

"砰"的一声,门被用力关上。

第十三章
TABICHUNFENGGENGMEIHAO

这里又湿又冷,走吧,带你换个地方哭?

　　夏季里难得下这么久的阴雨,从早到晚没有半分钟停歇,直到现在,雨势也没有丝毫变小的意思。
　　夜里的风有点大,雨水被斜斜吹进屋檐下,落在阮千帆脸上,洇湿一片。她觉得眼眶胀痛,胡乱地在脸上抹一把,手心里感觉到有温热的液体。
　　小区里安静一片,只剩下不远处的两排路灯洒下昏黄的光线,在雨幕里映出朦朦胧胧的雨丝。
　　她背靠着旁边的石柱缓缓蹲下身来。
　　当初来延江市是为了 O.M,如今几个月过去,虽然黎牧遥对她确实很看重也给予了她很多机会,而她也表现得尽心竭力、克己奉公，可在公司里不知不觉中她就成了所有人的眼中钉。时至今日，她负责的时装展还没有完成，又莫名其妙遇到离奇事件，甚至差点丢了性命，现在就连一直当朋友的骆深，也将她当作心思深沉的恶毒之人。

她整张脸埋在臂弯里，肩膀微微抽搐。

雨势渐渐变大，将她头发慢慢打湿，有水珠滚进后颈中，夏季的衣服单薄，很快便湿成一片，阵阵凉意在身体里弥漫开来。

有压抑着的哭声从臂弯里传出来，带着闷闷的委屈哽咽，在夜里散开。

另一栋楼下，黑色的汽车隐藏在黑暗里，车内没有开灯，只剩下手机屏幕偶尔发出微弱的光亮，映着一张轮廓分明的硬朗面孔。

"我知道队里已经问过了，"他低头把玩着打火机，听着电话那端的人还在絮絮叨叨解释，许久之后出声打断，"她很有可能在撒谎，所以我才要你再去一趟，这次把争吵的原因问清楚。你告诉她，如果不想周毅死得不明不白，就把知道的，包括她自己猜测的，都全部说出来。"

"我没怀疑谁，现在还不清楚，你按照我说的做就是。"

"研究周毅案与四年前案子的关联并不是重点，当下需要找到一个合适的切入点查清楚案情,而且……我觉得背后这个人的目的跟我们之前所想象的并不一样。"他眯了眯眼,透过晃动的雨刷器,视线落在前边那栋楼下的人影身上,眉头又重新皱起,心里不由得一阵轻微抽动,"我发地址给你,你先过来去十二楼看下这里的情况!至于其他的,晚点碰面了再跟你说。"

他挂断电话,从车里摸出一把伞,下了车。

天色越来越晚,小区里安静得只剩雨水哗哗落地的声音。阮千帆整个人蜷缩成一团,肩膀耸动得厉害,努力压抑着哭声。雨水将她半边身子打得湿透,风吹过来,粘在身上的衣服越发冰冷。

也不知道过了多久,她才忽然意识到飘洒在身上的雨丝消失了,她心下一紧,抬起头的时候对上一双深沉的眸。

他依旧穿略微宽松的黑色T恤,平日里总是紧抿的嘴角松懈下来,衬得五官染上温和的气息。他手里的雨伞略微前倾,刚好遮住她露在屋檐外的半边身子,他身后却有被雨淋湿的痕迹,发梢有滴滴雨水落下去,整个人站在那里刚好为她挡住吹来的风。

"陆景琛?"因为哭太久,阮千帆声音里是浓浓的鼻音。

"怎么没打电话给我?"他弯了弯腰,离她更近一些,眉头压下来,眼神却柔和,语气都放软了几分。

阮千帆鼻尖发酸,忽地放声哭出来。

他反倒笑了,再怎么逞强,终究还是小姑娘。

他蹲下身子,抬手将她脖颈间被雨水淋得湿漉漉的长发拨弄到另一边,然后一把捞起她的臂弯将她带起来,声音里带着几分淡淡的笑意:"难得见你掉一次眼泪,我是不是不该过来破坏氛围?只不过……"

他别过头看着漆黑一片的雨幕,朝她扬了扬下巴示意:"这里又湿又冷,走吧,带你换个地方哭?"

直男!

阮千帆忽地有些哭不出了。

她也没矫情,就着他的力道站起来,因为蹲得久了,腿脚一阵发麻,她抓着陆景琛手臂的那只手不由得加重了力道。他似乎也意识到了,反手用力握住她的手腕。

他的掌心温暖有力,在冰冷潮湿的夜里给人一种安心的感觉,阮千帆默默地低下头,胡乱地抹掉脸上的眼泪。

车子停下来的时候,阮千帆才迷迷糊糊睁了眼,意识尚未完全清明,感觉到眼睛的肿胀才慢慢回想起刚才掉眼泪的丑事。

果然,哭是最耗费体力的事情,这么一会儿工夫,她竟然就恍恍惚惚睡了过去。

她动了动有些麻木的手臂，盖在身上的外套滑了下去，身上还有潮湿的雨水，在座椅上洇开一摊浅浅的水迹，濡湿的衣服粘在身上很不舒服。

"醒了？"察觉到阮千帆的动静，陆景琛侧过头来，右手捏着没点燃的烟，左手随意地搭在方向盘上，像刚从什么事情里回过神来一样。他拎起脚下的袋子，回头看了看她身上皱巴巴的衣服，"走吧，回去洗了澡，换件衣服。"

阮千帆下了车才注意到他们并没有回"味谷"。

面前是独栋的小型建筑，院子里种有许多植物，大抵是因为太久没人打理的缘故，花草交错长在一起，看上去有些凌乱荒凉。

陆景琛先她两步过去开了门，低头从内侧柜子里拎出一双新拖鞋，撕开外包装袋将鞋丢在她面前，然后自己弯腰换鞋进去，将蒙在家具上的隔尘布一一拿开，露出白色的沙发、透明的茶几、灰色的地毯，落地灯后面的架子上甚至放着几盆多肉。

阮千帆默默地打量着。

陆景琛没说话，兀自过去开了窗户，有风涌进来，弥漫着一片湿润的清新感。他回过头来看她一眼，然后转身从柜子里拿出一盒纸巾放在她面前:"继续哭?"

阮千帆有一瞬间的愣神,继而反应过来,有些不好意思地轻咳了两声。

他笑,伸手捞起桌上尚未拆封的杯具,将玻璃杯拎在手里进了厨房,一阵哗啦啦的水声过后,他端着一杯热水递到她手边。

"不打算继续哭的话去洗澡吧。"他转身进了卧室,隔着房门的声音有点模糊,没多久拎着一套灰色的睡衣出来,又去开了卫生间的灯,"这里很少住人,睡衣也是干净的,我没有穿过。"说完他拎着桌上的二十四小时便利店的购物袋,进了厨房。

水流哗啦的声音、食物倒入油锅的声音、油烟机嗡嗡运作的声音,空荡荡的屋子里很快染上浓浓的烟火气息。

他穿着一套黑色的睡衣,头发还有被雨水淋湿的痕迹,没有干透的几绺凝在一起,随着他低头的动作,一下一下地滑落到眼角,不像平日里拒人千里之外的模样,映着室内的灯光,他的背影都平添上一层居家的温暖柔和光芒。

阮千帆站在那里看了很久,不知不觉中左胸腔里被什么东西慢慢填满,被塞得满满的,让人格外安心。

从浴室出来,阮千帆换了衣服吹干头发,整个人仿佛重新活过来一样。

陆景琛坐在餐桌前,面前的饭菜还隐约散着热气,阮千帆在他面前坐下,空气里安静一片。

"今天晚上的事情……"

"这边的房子是什……"

两个人同时开口,又同时止了声。

顿了顿,陆景琛主动开口,却是避重就轻:"这里是我爸妈前几年买的,后来发生了一些事情,所以我一直住'味谷'那边,很少过来。"

"我跟朋友吵了架,因为工作和感情上的一些事情。"阮千帆低着头扒拉两口饭,然后将今天晚上和骆深争吵的事情一五一十地说出来。

她从来不是会轻易示弱的人,可是这天晚上在他面前,却忽然褪去所有的逞强和倔强。

"工作对你来说,真的就这么重要吗?"陆景琛想到之前她为了劝说自己做时装展主模而反复折腾的事情,皱了皱眉头,"女孩子为什么非要这么固执呢?"

阮千帆放下筷子,靠在椅子上,满脸疲惫:"我以前总觉得,只要自己足够优秀出色,就能够顺利地走到我的目标位置,有能力庇护身边人。可是到头来好像什么都没做好,反而被人认为多管闲事和强出头。"

听到这里，陆景琛蓦地想到许多事情，目光也慢慢暗淡下去。

"既然你与黎牧遥没有任何多余的关系，为什么不肯让骆深自己去试一试？"

"他们之间不会有结果，为什么还要眼睁睁地看着她去自讨苦吃？"她说完这句话便苦笑着叹了一口气，其实她自己也已经明白了许多，不等陆景琛回答，她换了话题，"陆景琛，O.M模特的事情，你到底要不要去做？"

"不去。"陆景琛回得斩钉截铁。

"好。"是意料之中的回答，她却忽然松了一口气，想到骆深，心里已经有了新的决定。

门铃响起的时候，陆景琛正在洗最后一个盘子，他腾不出手来，于是使唤阮千帆："去开门！"

阮千帆趿着拖鞋一路小跑过去，远远就听到门外咋咋呼呼的声音，忍不住笑了笑。

"景琛，你来这里怎么都没跟阿飞打招呼，他正急着到处找你……"门被打开，杜清野看着来开门的阮千帆，一下子愣在原地，隔了好久，他才从上到下将阮千帆打量一番，浮夸地挤出一个无比惊讶的表情。

"所以，杜清野，你到底还要不要进来？"阮千帆已经走了好几步,见身后人还在门口愣愣地站着,有些不耐烦,"杜清野你被鬼附身了?"

"咳咳咳……"杜清野定了定神,推门跳进厨房,视线很快落在陆景琛手边的盘子上,又瞥一眼去吹头发的阮千帆,压低了声音,"景琛你跟我解释下,我可是几年都没来过你这里了,这次刚进门就看到你们……"他意味深长地瞄一眼陆景琛身上的睡衣,无比哀怨地扯了扯陆景琛的袖子,"老实说,你是不是要抛弃我了?"

"杜清野,"陆景琛冷眼盯着他那刻意透出的哀怨,扬了扬手里滚烫的沸水壶,"你想喝开水吗?"

"不了不了,嘿嘿……"杜清野一秒变脸,恢复往日里狗腿的笑意,避过阮千帆,压低了声音,"我遵照您老的命令,刚过去看了。今天晚上这事,铁定跟案子没有关系,应该是阮千帆同住的室友不小心打翻了染发剂,你懂吧,就是那个女人,她要么就是这里……"他指了指自己的脑袋,"有问题,要么就是真的变态……"

杜清野开始啰里啰唆地吐槽起遇见骆深的这几次经过。

"千帆,过来!"陆景琛朝沙发上的阮千帆招了招手,然后转身揪着杜清野的衣领,将他强行按坐在餐桌边上,"'四号判官'的案子想解决吗?"

杜清野眼睛亮了起来，识趣地闭上嘴。

三个人在桌边坐定，陆景琛开了电脑，又将草草记了几个重点的笔记本放在桌上摊开。

"我可是几年都没来过你这里了，搞了半天，你大晚上叫我过来就只是为了讨论案子啊？"杜清野见这架势，再看看面前两个人身上都穿着的睡衣，小声咕哝。

"大门在那边，慢走不送！"陆景琛冷声道。

杜清野恢复狗腿的笑容，抬手在嘴边做了一个拉上拉链的动作。

"我们现在重新来理一下！"陆景琛没再搭理嬉皮笑脸的杜清野，将电脑屏幕转过来对着自己，打开"判官"案件的资料。

"这是案发现场的照片，你看。"他动了动鼠标，血淋淋的现场立刻出现在屏幕上，饶是杜清野已经看过无数次，但再看到，还是忍不住有反胃的冲动。

"就这点出息！"陆景琛无奈扶额，强行掰开杜清野捂着眼睛的手指，又忽地想到什么，腾出一只手扣上阮千帆的脑袋，转到另一边。

然后，他转身对着杜清野，指着屏幕中死者的胸前："这里，你不觉得他少点什么吗？"

"少点什么?"杜清野摸了摸下巴,盯着电脑屏幕仔细打量。照片里的男人被摔得血肉模糊,但不难看出,身材绝佳,加上建筑工程师的工作,收入不菲,在同龄人中也算令人瞩目,正值大好年华,却突然遭此横祸。

杜清野默默感叹一句,看着他敞开的西装以及内里白色衬衫上的血渍,目光上移,落到脖颈上。

"领带?"他试探着开口,看了看陆景琛。

陆景琛点头:"死者的西装、衬衫、腕表、钱包,都是价值不菲的大品牌,头发也是打理过的,指甲修剪整齐,通过鞋袜等细节问题,都可以看出死者生前注重生活品质。所以,一般而言,他不太可能在穿西装的情况下不打领结,或者说随便敷衍。"

"但是,"他打开另外一张照片,上面是在距离现场不远的地方发现的领带,"案发时,领带上并没有血迹,并且不在死者身上。"

"所以你的意思是……"

"从十九楼坠落,虽说会受风力等影响,但按照正常领带打法,并不至于脱落,除非坠楼之前领带已经松垮或被人为拽开。清野,你觉得什么情况下,人会解开领带?"

"打架!"杜清野脱口而出,双手握拳,原地蹦两下,做出出招的标准动作。

"或者，"阮千帆插一句话，在颈前虚虚做了个拽开领带的动作，"遇到让人很焦虑的事情，会下意识地想要解开束缚。"

"你看这里，"陆景琛忽略掉杜清野忘我的表演，朝他后脑勺拍了一把，指了指死者的手，放大照片，将他的注意力重新转移到屏幕上，"他的中指上，有一圈白色的印痕，你之前说他与未婚妻在一起十几年，这个应该是多年佩戴戒指留下的印记，但戒指在死者的衣兜里被发现。"

"戒指戴在中指上，一般代表已经订婚或者热恋，但如果摘掉戒指的话，"阮千帆摸了摸自己的手指，"意味着这个人已经放弃这段感情。"

"可是如果真的感情破裂，他完全可以把戒指直接丢掉，还带在身上干吗？而且，他女朋友说他们已经在做明年年初结婚的打算了，根本没有提过他们要分手的这件事情啊！"

杜清野有点晕："这根本是矛盾的。"

"这也是我让你再去陈家走一趟的原因，陈含肯定有没交代清楚的地方。"陆景琛端起手边的杯子，轻抿一口，继续说，"死者手表上的时间停止在凌晨一点二十五分多一些，与法医那边判断的时间相差不远，也就是说死者坠楼落地是在凌晨一点二十五分多一些，而手机上收到的宣判短信时间为凌晨一点二十七分。"

"清野,你记得我上次跟你说过,这起案子跟四年前'判官案'的作案风格差异吗？'判官'利用舆论压力惩治犯错之人,这起案子却根本查不到周毅有明显的滔天大罪。现在再结合短信时间,四年前凶手作案都是提前发送给被害人宣判短信,使人产生心理压力,但这起案子,很明显,凶手是在动手之后才发送短信。"陆景琛说,"还有,前几天所谓的'判官'突然出现在辉域商场,又刻意引起警方注意,这也是四年前的凶手没有做过的举动。他们当时的目的只在于以'判官'的名义惩治罪恶,来捍卫自以为的'正义',并没有挑衅警方的意图。"

"所以,这两起案件不能相提并论,周毅案最多只是凶手借用'判官'的幌子,来完成自己真正的目的。"

第十四章
TABICHUNFENGGENGMEIHAO

所以陆景琛，发生在我身上的
这些事情到底是怎么回事？

"千帆，你再想想，那天你被带走之后，那个人还说过些什么？或者他有什么让人印象深刻的特点？"陆景琛回过头来看着阮千帆。

听到这话，杜清野突然咋呼起来："景琛，你该不是真的怀疑阮阮被带走跟周毅的案子有什么关系吧？"

陆景琛白了他一眼，没有说话，只是继续等着阮千帆开口。

阮千帆被两道目光这样直直盯着，一时间倒有些不自在，又想了想杜清野刚才的猜疑，回望向陆景琛："所以，你也觉得我被'判官'盯上了？"

陆景琛想了想，没有隐瞒："我其实没什么确切的把握，但无论如何，你的事情也还是得查清楚的，不是吗？"

他的语气不轻不重，阮千帆看了看他，没再追问下去。

"我被带走的时候，意识模糊，所以她当时具体说了些什么，我也记不大清楚。"她揉揉额角，闭了闭眼睛仔细回忆，"好像说过什么'撼动地位'之类的，她手里应该有一把类似于你那样的军刀。"

阮千帆想到第一次见陆景琛的时候，他拎在手里利落划断她头发的那把军刀。

"当时有类似于金属的东西在我手腕上比画过，周围风很大……"阮千帆皱了皱眉，"对了，她好像还提过什么'生日'这样的字眼。"

听到这句话的时候，陆景琛脸色有一瞬间的不自然。

"当然，也有可能是我听错了，那阵子我并没有完全清醒，头疼得厉害。"阮千帆没注意到陆景琛细微的神色变化，说着又想起来自己一直以来的疑虑，"我觉得那个地方应该很偏僻，可是陆景琛，那个时候应该也已经很晚了，你为什么会出现在那里？"

"那里到底是什么地方？"阮千帆继续问着，心里有种莫名的不安。

仔细想来，好像发生在她身上所有离奇的事情，都是在她遇到陆景琛之后,而陆景琛与警队的渊源,他四年前经历过的事情,他所有的一切,她根本不了解,却一再放心地将很多事情交给他。

阮千帆固执地追问:"所以陆景琛,发生在我身上的这些事情到底是怎么回事?你又为什么对那个地方一直避而不谈?那里究竟是什么地方?"

陆景琛看着她的眼睛,咬紧后槽牙,竭力克制情绪:"是墓地。"

他不自觉地握了握拳,眼神有些暗淡:"是我一个朋友的墓地。"

阮千帆噤了声,这才注意到陆景琛的异样,心里闪过一丝愧疚。

想必也是很重要的朋友吧。

她看了看杜清野,后者一扫刚才嘻嘻哈哈的模样,这会儿也安静地垂了眉眼,一声不吭。

气氛陡然安静。

许久之后,陆景琛恢复平静,抬头扫一眼面前的两个人:"除了这些,还能想到别的什么吗?"

阮千帆默默地摇了摇头。

"嗨,"杜清野对着空气恨恨地挥一拳,满是遗憾的愤恨语气，"猜来猜去也没什么结果，要是那天直接抓住他不就没这么多事了吗？"

他捏着小指比画一下："就差那么一点，结果还是让那小子给跑掉了，最好别让我抓到，不然看我不打得他满地找牙，这龟孙子！"

"等等！"阮千帆忽地察觉到哪里不对，"我觉得盯上我的人，可能跟杀害周毅的那个凶手，没有什么关系。"

"怎么说？"

"我那天听到的是个女人的声音。"阮千帆说，"但是，你们追的嫌犯是男人？"

陆景琛顿了顿。

原本他以为周毅的案子中，凶手模仿"判官"作案，但实则另有目的，而阮千帆来这边不久，她的事情又紧接着在周毅案之后发生，或许两者之间有什么联系，所以想解开周毅的案子，再借机摸索理清阮千帆的事情。

可眼下，如果盯上阮千帆的人与周毅的案子没有关系，那个女人又是什么人，有什么目的？她跟阮千帆说了些什么？又究竟因为什么事情，才产生了将阮千帆置于死地的恶意？在苏清纤生日这一天，带阮千帆去了她的墓地，只是巧合，还是刻意安排？

而周毅案的嫌犯究竟是一个人作案，还是有人协作？

或者是像四年前的"判官"案一样是团伙犯罪？

陆景琛的神色越发复杂。

知道他在那里立了墓碑的人并没有几个，而知道他每年在苏清纤忌日时会去那里看苏清纤的人更是只有杜清野一个人。

他回头看了看杜清野，大概忙了一晚上没来得及吃饭，杜清野刚偷偷摸摸溜进厨房，正捏着盒子里剩下的两个寿司往嘴里塞。

杜清野虽然平日里嘻嘻哈哈，但不是没有底线的人，他断不可能将四年前的事情到处宣扬，更何况，事情已经过去那么久，哪里还有人会对那些感兴趣？

那么，那个人究竟是否真的知晓四年前的事情，与苏清纤有没有什么特殊的关系？

陆景琛隐隐觉得，眼下发生的这些，冥冥中与四年前的案子有着千丝万缕的联系，遇害的周毅被伪装成当年的"判官"案再现；面具"判官"主动现身挑衅，杜清野三番五次来找自己寻求帮助；阮千帆接二连三遇险，甚至差点丧命。

所以，被针对和挑衅的究竟是警队，还是自己？

可是结怨最深、最有嫌疑报复的那个凶手，明明在四年前就已经命丧黄泉，那么眼下究竟是什么样的状况？还是说自己对四年前的事情耿耿于怀，所以主观臆测的成分太多，才将这些联系在了一起？

陆景琛陷入种种疑虑之中，再看到屏幕上的案发现场，才忽然觉得自己已经偏离案件推测方向，仅仅根据直觉联想了太多。

他捏了捏眉心，起身拔掉 U 盘，合上电脑："今天就先到这里，回去睡吧，明天早上我送你去上班。"

杜清野听到这话，嘴都没来得及擦干净就匆匆忙忙从厨房跑出来，满是期待地盯着陆景琛："怎么样？周毅的案子有头绪了？"

"哎，别忙着去睡啊，老规矩，你口述我来写报告，明天能去抓人吗？"他激动地抓上陆景琛的胳膊。

陆景琛瞥了一眼他嘴边的残渣，默默地后退两步，将手臂从他手里抽出来，有些无语："杜清野，你以为我是凶手，还是神？"

仅凭这么一点点东西，就能直接将案子的来龙去脉摸清楚，甚至能推测出凶手行踪或者老巢的，要么是神，要么就是凶手本人了吧？

杜清野不死心，抓着陆景琛问东问西。阮千帆看了看他们，还想再问些什么，动了动嘴终究还是没有开口，安安静静地转身进了房间。

外面已经停了雨，关上门窗以后，整个房间陷入黑暗无边的寂静里。阮千帆仰躺着，却怎么也睡不着，她睁着眼睛，认真地盯着漆黑一片的天花板。

她听见自己心脏跳动的声音。

原本以为进入 O.M，她便会这么顺利地一路走下去，可是不知不觉中似乎落进了迷雾一般，最开始怀疑被所谓的"判官"盯上，可是就眼下情况来看，根本不是这样。

她该庆幸吗？庆幸自己没有被杀人不眨眼的恶毒凶手盯上？

还是该忧虑？想置自己于死地的，又能比杀人不眨眼的凶手好到哪里去？

她想到陆景琛刚刚的反应，这件事情大概比想象的更复杂吧？那么是因为陆景琛，自己才被卷进这场阴谋，还是因为她，将陆景琛拖入这个危局里？

她想了很久，一遍一遍回忆那天的场景，试图再多找到一点线索，可是困意慢慢地袭来，她的意识逐渐涣散。

翌日，阮千帆起来的时候，陆景琛已经收拾妥当，斜坐在沙发上低头摆弄手机，也不知道是不是在谈案子的事情，他眼里有浅浅的浮光，眉眼间不自觉地漾起细微的褶皱。

　　见阮千帆出来，他按掉手机，从桌上拿起车钥匙，只等着出发。

　　阮千帆已经到了嘴边的话到底还是没能问出来，比如，她想知道，那个墓的主人是他什么样的朋友？他们之间发生过什么事？跟带她过去的那个神秘人之间又有什么样的关系……

　　想知道的越多，越是难以开口。

　　两个人一路上都没怎么说话，阮千帆时不时用余光打量他的侧脸，他的眼窝很深，从侧面看过去越发显得轮廓分明。因为曾是刑警常年锻炼，陆景琛的身材坚实健硕，脊背总挺得笔直，即便漫不经心的样子，也总会吸引目光。

　　没能说服他去做 O.M 的模特，真的是有些可惜！

　　阮千帆混乱的思绪终于落定在最后的这个想法上，她默默地感叹一声，在心里做好了另外一个决定。

第十五章

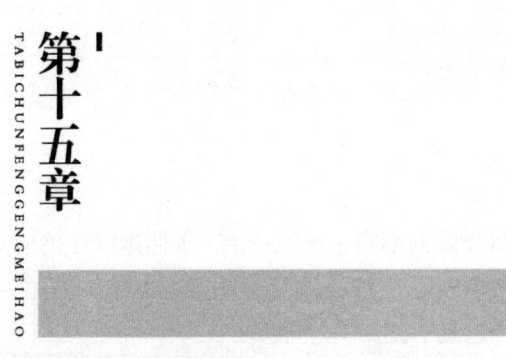

谁要抢走他,谁就得死。

O.M时装展主题会议上,距离时装展只剩不到半个月时间,主模人选还没有选定。

按照当前进度,如果这件事情还确定不了,只怕会直接影响到时装展的举办,所有人都不由得捏一把汗。

"阮阮,"骆深打破了短暂的沉默,"我还是坚持选用 Ferdinand·Opry 来担任这次时装展的主模,他曾经多次参加国际规模时装秀,在这方面有相当丰……"

"好。"

不等骆深说完,阮千帆直接开口同意:"大家还有什么好的想法或建议,都可以提出来再讨论!"

所有目光瞬间都集中在她身上,按照她以往挑剔又固执专制的做事风格,今天这种态度明显不太对,诧异之余,大家总觉得这其中会有什么问题。

阮千帆从座位上起身,将手里的文件夹合拢起来,微微勾了勾嘴角:"我来公司快一个月了,在这期间跟大家起了不少争执,虽然我也是为了公司好,但在许多事情的处理方式上都有些偏激,昨天晚上……"

她缓缓地扫了一眼骆深,又很快收回视线:"我想了很多,即便我的初衷不坏,这段时间里我们的进展也没有太大问题,但我知道其实我们团队里人心涣散……"她顿了顿,抬眼环视一周,"你们很多人都觉得我霸道、固执、挑剔,甚至蛮不讲理,我也承认。最近发生了很多事情,我想明白了很多,以后的话,我会尽量多去考虑大家的想法,如果有合适的机会,也会留给你们来展示自己的能力……至于上次我说的如果搞定不了模特就会辞职的这件事情,愿赌服输,这话现在依然作数,等到时装展结束后,我会亲自递辞呈上去。"

这一番话并没有得到多少人的谅解,甚至不少人都在低声议论是阮千帆拖到现在解决不了了,就甩手将难题丢出来,想让别人替她接下这个烂摊子。

阮千帆心下了然,也没多解释。

过去二十多年来,她确实有意让自己引人注目,虽然比别人努力,但也确实比别人更幸运。当初在大家挤破了脑袋投递简历折腾面试的时候,她就得到黎牧遥的青睐直接进入O.M,受尽羡慕与嫉妒,那时候她不是没有过优越感的。再加上进入公司直接参与O.M时装展的筹备,又总有黎牧遥的绝对支持,无形中也难免滋生一些自负心理,总觉得没有她处理不好的事情。

　　冷静下来想想,其实哪有那么完美。

　　这一次的妥协,不只是为了给骆深一次机会,也是给自己一个沉淀的过程。

　　她抬头看一眼议论纷纷的人群,坐在旁边的骆深半低着头神色难辨,在感受到她注视的目光抬起头和她四目相对的时候,眼神分明有些闪躲。阮千帆朝她淡淡笑了笑,转身离开。

　　下班的时候,骆深犹豫了半天,还是敲响了阮千帆办公室的门。

　　"喂,要不要……一起回去啊?"骆深抓着手里的包,装作随意的语气,又忍不住偷偷瞄一眼阮千帆的脸色,一副勉强的样子,"小晏送了我优惠券,走吧,看在昨晚你被吓到的份上,勉为其难请你吃饭好了!"

她想到昨晚自己故意打翻在浴缸里的染发剂，心底也有一点愧疚在翻涌。

　　毕竟有四年的感情，阮千帆虽然平时有些苛刻，但平心而论也确实帮了她不少。这次阮千帆在模特事情上做出的妥协，大家并不知道原因，但她知道，并不是阮千帆真的搞定不了，而是昨晚的事情之后，她也想明白了许多。

　　阮千帆从电脑屏幕中抬头，看了一脸尴尬的骆深一眼，带着一丝笑意起身，拿起手机拨出陆景琛的号码，犹豫片刻又作罢，拎了衣服准备同骆深出门，却不想临时接到黎牧遥的内线电话要她过去一趟。

　　"确定放弃你之前的想法了？"

　　黎牧遥明显对于阮千帆突然的改变也有疑惑，见阮千帆沉默，他也没再追问，伸手打开旁边的文件夹。

　　"有时候我自己都觉得，我这个老板做得也不知道是失败还是太没责任心？"他半开玩笑地感叹一句，从文件夹里拿出一沓资料推到她面前，"大家都还是比较同意请Ferdinand·Opry来担任这次时装展主模的，我个人其实也比较看好，如果你确定没有意见，就尽快联系他！"

　　阮千帆低头接过面前的资料随手翻了两下，上面是Ferdinand·Opry的个人信息以及联系方式，包括他曾经参加过的各种时装展介绍。

"我等会儿让人帮你订明晚的机票,至于今天会上你说的离职的事情,我只当没有发生过。"

阮千帆还想说什么,黎牧遥朝她摆了摆手,重新埋头于工作之中。

虽说阮千帆专业能力突出,但工作远不是仅靠专业水平就可以胜任的,在许多事情的处理上,她到底是有些不够成熟,而O.M也从来不缺少这种能力突出的人才,能代替阮千帆的大有人在。

可是,为什么自己偏偏想要留她在O.M呢?

黎牧遥抬眼看着阮千帆出门的背影,轻叹一口气,整个人靠在椅背上。

从办公室出来,骆深一眼就看到阮千帆拿在手里的Ferdinand·Opry的资料,阮千帆也有些不知道该怎么解释,早上刚刚确定将这件事情交给骆深,下午她就拿了资料准备飞去多伦多去找他谈合作。

"没事。"骆深反倒淡然一笑,刚刚等在门口的时候,她将里边黎牧遥的话都听得清楚,她伸手拍拍阮千帆的肩膀,"今天早上本来就是你让给我的,这样其实也没有什么意义。我是对你不太服气,但以后机会有的是,等时装展之后,我们再好好比一比!"

最有意义的争吵,大概是在发泄之后能冷静理智地看清现实。

骆深想得明白,她确实想要超越阮千帆,但绝对不是以阮千帆刻意妥协的这种方式,眼下最重要的事情,无疑是大家一起筹备了这么久的时装展。

阮千帆看着骆深坦然的样子,也终于放下心来。两个人从公司出来的时候,阮千帆的手机就疯狂振动起来,她一边跟骆深说着话,一边伸手去按下接听键。

"好久不见啊阮阮!"

对方一开口,阮千帆就变了脸色,下意识地握紧了手机,指节泛着青白色,脚步停滞。

"上次丢下你一个女孩子在墓地,真是不好意思。"电话里传来嘻嘻的笑声,在吱吱的电流声里显得阴森诡异,"不过,我看到有人去接你了,以后你可得小心点,抢别人的东西可不是什么好习惯,会有'判官'裁决的,你懂吧?"

是熟悉的女声,温柔甜美,说话的时候带有女孩子特有的撒娇味道。

"你……"阮千帆还没来得及开口,电话里传来"嘟嘟"的忙音。

"阮阮?"骆深察觉到她反常的脸色,伸手在她面前晃了晃,"你没事吧?"

　　阮千帆目光还落在通话记录上,心不在焉地草草应了她两句,手忙脚乱地反复按着回拨键。

　　"小心!"

　　骆深音量突然提高,阮千帆脑海里突然闪过一个熟悉的画面,一双漾着笑意的弯弯眸子出现在她眼前,倏忽又消失不见。

　　她来不及反应,膝盖处传来一道重重的力度,站在台阶上的阮千帆踉跄两步,整个人朝前摔下去,不过两三级阶梯的高度,她手臂处传来一阵刺痛,有鲜血汩汩而出。

　　一旁有小孩"哇哇"的哭声传来,阮千帆别过头去看,罪魁祸首是一个四五岁的小男孩。因为匆匆忙忙跑过来撞到她,他自己也没能幸免摔到了一边,握在手里的玩具遥控器后盖被甩开,露出里边的两节电池,此刻正号啕大哭。

　　在骆深过去扶起小男孩的空当,阮千帆已经起身拍了拍身上的灰,弯腰的瞬间,她看到落在遥控器不远处的一把小军刀,她捂着划破的手臂,手腕上有那天晚上金属掠过的冰凉感。她闭了闭眼睛,深深吸一口气。

　　骆深从包里摸出纸巾忙着帮阮千帆擦血,阮千帆冷着脸看着手机屏幕上那一串回拨过去的号码,刚刚在碰撞间不慎按到免提键,此刻手机里正清晰地传来"您拨打的用户是空号"的提示音。

她愣愣地站在原地,脸色难看得骇人。

距离大楼不远处的停车位上,一辆黑色汽车里有人将这一切尽收眼底,最后目光落在闯祸的小男孩身上,慢慢地松了一口气。

不过是一场小意外,看来是他自己顾虑得太多,看着离开的两个女孩子,他准备发动汽车跟上去。

不过先他一步行动的却是一架盘旋的遥控直升机,此刻正晃晃悠悠地朝着两个女孩子的方向飞过去,紧跟在身后的小男孩一边抱着遥控器操作,一边追着它乱跑。而在那红色直升机的腹部,有极细微的红光不断闪烁着,若不细看,几乎很难被发现。

他的目光落在掉在地上的一节电池上。

车门"砰"的一声被关上,随之而来的是小男孩疯狂的哭声。

刚刚离开不久的阮千帆和骆深回过头来看,陆景琛正蹲在地上,手里拿着原本属于小男孩的遥控器,正无比专注地操作着头顶的玩具直升机。

"陆景琛?"

阮千帆不解地看了他一眼,很快又想到电话里那个人说的话，她嘴角动了动，走到他身边："你来这里干吗？"

陆景琛没有说话，又用力按了两下按键。

"喂，你先把遥控器还给人家小孩好吧？"骆深安抚着小孩，不满地冲着陆景琛喊了两句。

他回过头看一眼小男孩，将只剩一节电池的遥控器举给阮千帆看。阮千帆没反应过来，不明所以地看了他一眼，他走过去两步，将手里的遥控器还给小男孩，对方恨恨地瞪了他一眼。

紧接着他做了一件让小男孩更加崩溃的事情。

他上前两步接过阮千帆手里的提包，一个用力甩上去，盘旋的红色玩具直升机应声落地。他没工夫理会号啕大哭的小男孩，自顾自过去捡起来，三两下拆下玩具直升机腹部的小部件，露出一个拇指盖大小的黑色物体。

"这不是他本来的玩具，"他侧过头看一眼还在大哭的小孩，将玩具直升机塞到孩子怀里，然后环视周围的大楼一圈，沉声道，"大概什么时候被掉了包，遥控器其实在那个人手上。"

他晃了晃手里的黑色物体，眸色沉沉："SK进口微型监听器，能屏蔽外界干扰，将高像素图像与声音直接上传至终端，那个人想要掌握的只怕更多。"

阮千帆不由得攥紧掌心，想再问下去，可陆景琛明显不想继续说这个事。他一把抓过阮千帆的胳膊:"先去帮你处理伤口。"

他注意到她殷红一片的手臂,回头看了一眼不远处的小军刀,皱了皱眉头没再说话,俯身拎起她的包,然后半拥着她往车子方向走去。

阮千帆匆匆回头冲着骆深招呼两声。

身后大楼的某一层里,"唰"的一声,厚重的窗帘被拉拢,晃眼的阳光立刻被阻隔在外,室内变得昏暗一片。

"你看到了吗?"

一道纤瘦的身影从窗户前闪过,她三两步走到另一个人身边,强忍着怒气:"那个女人,她就要抢走景琛了。"

旁边原本播放着楼下画面的电脑屏幕已经暗了下去,坐在桌前的人放下鼠标,站起身来,看着女人好半天,小心翼翼地伸手抱住她:"我们不要他了好不好?还有我啊,我们离开这里,你要什么我都可以想办法……"

"你?"女人抬头,直勾勾地盯着他看,突然一把将他推开,皱了皱眉,"你离我远点,景琛看到会不开心,他只喜欢我,我们说好以后一起去加州的。"

"清……"

"滚啊!"女人情绪突然失控,拎起手边的杯子摔过去,玻璃碎片瞬间四散开来,滚烫的热水溅到男人手臂,皮肤上红成一片。女人却熟视无睹,仍然沉溺在自己的世界里,也不知道想起了什么事情,又哭又笑,"他明明那么喜欢我,凭什么四年前要将我置于死地?凭什么?凭什么?"

她冲过去抱着男人的胳膊用力地摇晃:"你说啊,凭什么?"

男人看了她一眼,眼底满是悲怆的深情与无奈。

她又慢慢冷静下来,退开两步,低声嗫嚅着:"他一定不是故意的,他那么喜欢我,我死了之后他比谁都痛苦,那么多女人,他看都不看一眼,他连工作都不要了。我就知道,他只喜欢我。"

"他永远都是我的,没有人能抢走。"她抬眼望向男人,像寻求肯定的小孩子一样,"对不对?"

"对。"男人点点头。

"谁要抢走他,谁就得死,这种罪人都该被判官以死亡裁决。"她恶狠狠地说道,甜美温和的声音里透着瘆人的味道。

"是。"男人伸手,轻轻抚过她的脸颊,然后帮她把散落的长发别到耳后,眼睛里多了几分决绝,"别怕,你想要的我都会想办法给你。"

桌上的电脑屏幕上快速闪过几行代码,一个红色的定位圆点正慢慢向不远处的餐厅移动。

　　有风吹动窗帘,隐约透进几丝光线进来,昏暗的室内闪烁着点点光斑,忽明忽暗。

　　窗外热浪层层,夏意正浓。

第十六章
TABICHUNFENGGENGMEIHAO

这种消息你连想都不想一下，直接就过来？

"去多伦多？"

杜清野放下手里的一大把零钱，从餐厅吧台的位置上跑出来，直直朝阮千帆扑过去："阮阮，你疯了吗？你不要我们景琛了？"

有来结账的客人用奇怪的眼神看了他一眼。

杜清野没有在意，只直直地盯着阮千帆等她接话，而阮千帆似乎沉浸在自己的思考中，并没有将杜清野的话听进去。

杜清野急了，冲到门口把刚刚进来的陆景琛推到她面前，伸手敲了敲他的胸膛，一时激动下竟然不顾对方完全冷下去的脸色，径自挑着他的下巴："看见没？上好的颜值，绝佳的身材，不拿去用简直浪费资源啊，何必大老远跑去找一个外国人呢？"

陆景琛忍无可忍，满脸嫌弃地扒拉掉他的手，径自走去一边。

杜清野刚想再追过去，一抬眼看见跟在身后进来的骆深，立马变了脸色转过身来："哎，我说你竟然还有脸过来？你自己做过什么事情自己都不记得是吗？"

骆深有些心虚，没有多看他，径自走到阮千帆身边坐下来。

杜清野不罢休地追过去，指了指骆深，满脸的愤慨："你以后做坏事的时候最好不要再撞上清爷我，不然我跟你说……"

"我之前让你去查的事情查了吗？"陆景琛将絮絮叨叨的杜清野打断。

杜清野忽然想起正事，狠狠地拍了下自己脑门，还不忘再剜骆深一眼，这才回过身来在陆景琛对面站定，举着两根手指在额前比画了一下："那当然！也不看看我是谁，有清爷亲自出马，还有什么事情是解决不了的？"

"是吧？"他自我吹捧的同时，还不忘一把揪住路过的小灿求肯定，遭到对方一记白眼后，又把目标放在了阿飞身上，顺便眨巴两下眼睛，"是吧，阿飞？"

"呃……"老实的阿飞犹豫着点了下头，低头咬住纱布一角，另一只手用力，迅速缠好手上的伤口。

小灿将药水拿过来，踹了杜清野一脚："你别因为阿飞老实就老是欺负人家。"瞪完杜清野，她又回过头去责备阿飞，"那么大一盘子菜打翻，你不去医院就算了，好歹涂点药水啊，就这么直接绑着伤口会发炎感染的！"

杜清野看不下去小灿大呼小叫的样子，大老爷们儿受点伤有什么好大惊小怪的。

"阿飞啊，前天晚上几个小时不见老板，急得巴不得报失踪，这会儿好不容易见着面了，怎么都不激动表示下？"杜清野继续打趣阿飞，"怎么，娶了媳妇儿就不要老板啦？我们景琛可是会吃醋……"

话没说完，被阮千帆狠狠拍了一下后脑勺。

不善言辞的阿飞尴尬地红了脸，衬着他高大强壮的身形，反倒有种莫名的萌感。

杜清野回过头来委屈巴巴地看着陆景琛，见对方没任何反应，他赶紧回归正题："周毅的事情我也按照你说的去查过了，陈含之前果然没交代清楚，她上次说因为自己无理取闹才和周毅吵了架，但其实不是。

"周毅和陈含差不多算是青梅竹马，两个人相恋多年，

更美好 / 197

在六年前就订了婚,但因为种种原因迟迟没有结婚,直到四月底,陈含无意中发现了周毅同别的女人的暧昧短信。两个人吵了好几次架,周毅摔了那部手机,争吵得最厉害的就是案发前那次,周毅承认出轨,提了分手的事情,但陈含用情太深不肯同意,甚至以死相逼。"

杜清野说完,从裤兜里摸出一个装着SIM卡的透明袋:"这个就是周毅摔了的那部手机里边的卡,周毅出轨的秘密都在这里了,很快就能查出……"

"啪啦"一声,一个小酒杯从阿飞手里脱落,摔得粉碎。

"都说了你手受伤要赶紧去医院看看,"小灿气呼呼地冲过来,"看你现在连杯子都拿不稳了,这样硬撑着只会误事的。"

阿飞被训得有些不好意思,尴尬地挠了挠头。

陆景琛看了阿飞一眼,回过头来对着杜清野说:"行了,其实在这之前我已经有了大致的推测,要你再去陈家走一趟也只是想证实下我的想法,卡的事情先不急这一时。"

他看了看阿飞手上的纱布:"你先送阿飞去趟医院吧,伤口不处理好以后感染了更麻烦。"

"哎,别呀,"杜清野有点着急,"这正说着案子呢。我的陆大神啊,我还等着你带我去抓'四号判官'呢!"说着,他也瞅了一眼阿飞。

这一个大男人受那么点伤，至于这么大惊小怪吗？再说了，又不是小女生，上个医院哪还用人陪啊？杜清野暗自腹绯。

阿飞也立马识趣地推辞："没事，这点伤不碍事，我自己就能处理。老板，你们忙自己的事情，不用顾及我。"

陆景琛没理会他。

"清野，你送阿飞去医院，我要去队里查点东西。"他转过身来问阮千帆，"你自己去机场可以吗？"

阮千帆点了点头。

"我会等你上了飞机确保安全后，再对'判官'动手。"他又叮嘱，"等会儿不要乘坐机场巴士，跟你朋友一起打车过去，让师傅不要走机场高速，从樟洲大道绕到机场南边的广场那边过去。"

"注意安全，"他将手放在耳边，做了个打电话的手势，"有事情立马打电话给我。"

"好。"阮千帆应声。

天气晴朗得不像话，阳光透过几缕稀稀疏疏的云丝落下来，仿佛要将所有东西都晒化一样。

几个人从"味谷"出来，不约而同地被阳光刺得眯了眯眼睛。

骆深已经先她一步去路边招出租车，阮千帆低着头慢吞吞地走在骆深后面，她还在想着那天晚上陆景琛分析案情的事情，再加上"玩具直升机"事件，以及他刚才特意嘱咐的路线问题，她表面上再怎么装镇定，但心里其实也是打鼓的。

这么想着，她握紧的手心里湿漉漉一片。

如果她现在身处险境，那么陆景琛的境遇又如何呢？

那个打电话给她的女人，很明显是要她离陆景琛远一点，那个女人的目的到底是什么呢？而她把自己的想法告诉陆景琛之后，他现在又是做着什么样的计划和打算？阮千帆脑子里乱成一团，整个人被太阳晒得都有些发晕。

不远处的骆深刚刚打到车，正回头冲着她招手。

阮千帆刚刚往前小跑两步，手腕被人拽住，很快手臂上清凉一片。

"怕吗？"

不知道什么时候陆景琛走到了她身边，他伸手将撕开的湿纸巾覆在阮千帆裸露在外的胳膊上，然后稍稍用力，将她的手揽在掌心里握了握。

他的手掌宽厚干燥，让人不由得生出几分心安。

撞上她的目光，他淡淡笑了笑："刚才出门的时候小灿塞给我的。"

他快走两步，上前帮她打开车门，侧过身子示意她上车。

"别怕。"阮千帆一只脚迈上车的时候，他突然俯身附在她耳边安抚，声音不大却刚好让阮千帆听得清楚。

不经意的一个动作，他的嘴唇却刚好擦着阮千帆的耳郭而过，他仿佛并没有察觉到，阮千帆却不自觉红了脸，刚才还在思考安危的忐忑瞬间消失，替而代之的是如擂的心跳声。

车门关上，她不放心地回过头，看到陆景琛对着她挥手。

今天之后，所有的罪恶都能被揭开吧？所有的人也都能平安了吧？

车子疾驰而去，窗外的景象不断后退，阮千帆慢慢闭上眼睛。

从"味谷"到机场原本只需不到四十分钟的车程，但因为按照陆景琛的叮嘱，出租车硬生生多绕了近半个小时的路程。车子半路停下来的时候，阮千帆几乎是冲下去的，她向来晕车晕得厉害，一个小时已经是极限。

骆深拎着两个人的包，腾出一只手递水给她。

阮千帆蹲了好久才慢慢地缓过来，准备去接骆深手里的水，有摩托车飞驰而过，车主戴着头盔完全辨不清五官，他伸手直接夺过拎在骆深手里的两个包，车速没有任何减缓。

阮千帆甚至来不及反应，就见一道人影从身后施工地冲出，借助半高墙体的身高优势，他一跃而起往摩托车的方向扑过去，身形矫健如同迅猛的捷豹，爆发力极强。

眨眼工夫眼看他就要拽住摩托车后座，摩托车忽然一个急转，车身几乎斜侧着冲出去，车轮与地面发出刺耳的摩擦声。

紧接着有车子从阮千帆身边经过，高速往前冲过去，中途打开副驾车门，还在狠命追着摩托车的人影加快速度跑了两步，直接钻进车里，关上车门的瞬间，他还不忘从窗口伸出手来冲着身后挥了挥。

即便昨晚在跟陆景琛沟通的时候，已经做好了会遇到更甚于眼前这番景象的准备，可如今这些真的发生在眼前，阮千帆还是忍不住心惊。

阮千帆竭力平静下来，扶起被带倒的骆深，帮她拍了拍身上的灰。

没多久，有警车在阮千帆身边停下来："阮姐吧？我是侯队手下的小高，我们上次在O.M的时候见过，清野哥让我过来接你！"说着，摸出自己的警员证件给阮千帆看。

阮千帆接过来看了两眼，然后扶着骆深上了车，又不放心地望了望前边远去的车辆。

　　按照陆景琛的推测，从漳州大道绕到机场南侧，这边是之前施工到一半的烂尾建筑，路况良好车流稀疏，周围几乎没有监控，再往前不到一千米，有废弃已久的仓库，在这条路上对阮千帆下手，要比在机场众目睽睽与无数监控下带走她容易得多。

　　其实，最开始他猜测周毅案的"四号判官"跟针对阮千帆的人有关，可上次阮千帆说带走她的是个女人，而曾致电警队并且在辉域商场现身的"四号判官"却是男人，这么明显的性别差异，让他不由得对自己的猜想产生怀疑。

　　但很快，他改变了想法。

　　有可能是对方用性别差异故意制造的误导。

　　四年前的"判官"组织执着于用自己的方式惩治罪恶之人，他们并没有理由也确实没有对警方进行过挑衅；而四年后的周毅案凶手，明显是模仿当年"判官"组织的作案方式，而且在案发后销声匿迹。

　　陆景琛刚刚插手周毅一案，自称是"四号判官"的人便大张旗鼓地出现在辉域商场监控下，又故意打电话引起警方注意。冒着被逮捕的风险来挑衅警方，却没有任何实质性动作，反倒是阮千帆之后被人监控，又接到关于"判官裁决"的威胁电话。

所以，之前故意现身的男人，想必是为了转移警方对真凶的注意力，从而实现误导案件调查方向、掩护凶手的目的。

另一方面，凶手对阮千帆的行程掌握得极为清楚，甚至清楚四年前的案件情况，连陆景琛为苏清纤立碑，并且每年苏清纤的忌日他必定上山的习惯都一清二楚，那么这个人，要么根本就是最亲近之人，要么就是有亲近之人为其耳目。

所以，故意提 SIM 卡，他又做出成竹在胸的样子，特意叮嘱阮千帆绕路走，说她只要上了飞机就安全了之类的话，都是为了误导对手，让对手在计划临时变更后露出马脚。

眼下虽然不清楚对方为什么盯上阮千帆，但只要她还想对阮千帆有所行动，必然会在阮千帆出国之前挑选最后的时机下手。

对于凶手来说，在机场高速上制造车祸无疑是最好的办法，但同样风险也要高出许多，更何况，对方一定料到陆景琛会做好防备，那样不仅容易失手，搞不好会直接暴露自己。

反而，陆景琛叮嘱阮千帆绕路的这一看似防备性的举措，正好给对手留下动手的新契机。

其实，并没有确切的证据，他也只是赌一把罢了。

陆景琛坐在副驾上，死死地盯着前方的摩托车，脸色越来越难看。摩托车车速极快，杜清野的车子也紧咬着追进村庄的小道里，灰尘扬起。

"景琛，"杜清野腾出一只手来抹一把额头的汗，"你确定他就是那个人？"

陆景琛攥着拳头，表情隐忍："不确定，但至少跟那个人有关。"

顿了顿，他深深吸一口气，侧过头看了杜清野一眼："这件事情跟四年前的案子脱不了干系。"

"怎么说？"杜清野顾不上回头，注意力全部集中在开车上，他右手猛打一把方向盘，车子几乎斜着身经过前边的转角。

"阮千帆昨天接到电话，那个人说，如果不想四年前的事情再现，就最好离开我。"陆景琛头上有汗水慢慢滑下来，从眉梢一路落进层层胡楂里，他后槽牙紧咬，与四年前太过相似的场景，以前的事情不由得浮现，抵不过心理作用，他全身绷得紧紧的。

"所以你怀疑这个人其实就在我们身边？"

有炽热的风从车窗涌进来，杜清野的声音被风吹得有些模糊。来不及细问,前方的摩托车三两下灵巧地钻进了小巷子。

杜清野猛踩一脚刹车,车子因为惯性作用滑出很长一段距离后停下来。

周围全都是低矮的拆迁民房,几乎已经没有人住,附近的各个巷口相互交错,沿着略宽些的巷子走到尽头,会被突然横生的墙壁拦住,左右只留下一米左右宽的通道,平日里多是行人出入,背光的地方长着不知名的苔藓,被人踩出一条窄窄的小路,摩托车要灵活得多,很明显对方也是故意选中这种地形来摆脱他们。

杜清野忍不住爆一句粗口,一拳头下去,狠狠地砸在方向盘上,然后换了方向,准备绕路从巷子那头的出口去围堵。

"清野,把车开到巷口!"

陆景琛从窗口探出头去,透过巷口看到尽头处半高的新建墙体,横向的建筑与纵向的一排民房紧紧相邻,这条巷子进去,只怕是死胡同。要是绕去找出口,刚好留给对方原路返回逃出来的机会,而等到他们没有找到巷子出口再折回来的时候,对方早已逃之夭夭。

杜清野很快明白了他的意思,三两下操作着用车子将巷口堵得死死的。

两个人从右侧副驾位置下了车，沿着摩托车压过的苔藓印记一路追进去。

杜清野一只手摸向腰后，做好了随时攻击的准备。陆景琛走在前方，右手攥着军刀，盯着光线略暗的巷子深处。

果然，没走多远便看到横倒的摩托车、丢在旁边的头盔和两个包，以及背对着他们半弯着腰喘着粗气的男子。地上的青苔印迹混乱，车辙印斜着划过很长一道痕迹，看上去应该是急刹车导致的车身失衡而倾斜侧翻。

对方似乎没有察觉到身后人的出现，依然弯着腰平复呼吸。

陆景琛环顾四周打量一番，微微皱了皱眉头。

"我去你的龟孙子！我让你跑，"杜清野抹了一把鼻子，腾空一脚横踹过去，陆景琛还来不及伸手阻拦，他已经将弯着腰的男子踢翻在地，"还不是被我们给抓到……"

话音未落，杜清野瞪大了眼睛愣在原地，陆景琛也不由得愣了愣。

"黎牧遥？"

杜清野收了手，虽然谈不上熟识，但上次因为办公室血迹事件两个人在 O.M 已经正式见过面。

更重要的是,杜老爷子因为与 O.M 有合作,在杜清野耳边念叨过许多次,每每提及黎牧遥,总会不由得赞不绝口,说什么同样的年轻人,人家可以独揽 O.M 大小事务,而杜清野成日里只知道围着陆景琛转。说到这里还总会顺口再催一催杜清野的终身大事,几次下来,杜清野被念叨得简直要怀疑人生。

没想到这一次,杜老爷子口中的大好青年栽在了他手里了。

杜清野那一脚用力过猛,黎牧遥在地上缓了半天才勉强站起来,可是他那一脸隐忍又疑惑的神色让杜清野心里有些打鼓。

"说说吧,"杜清野敛了情绪板着张脸,入职这几年来,办案遇到熟人其实也已经不算稀罕事,"怎么个情况?"

"什么意思?"黎牧遥被人无缘无故狠狠踹了一脚,现在还被这种语气审问,早已生了几分怒气,只是迫于教养才强忍着没有发作。

他将地上从阮千帆包里散落出来的东西重新收拾好,然后拎在手里站定,开始打量对方。杜清野沉着脸却掩饰不住眼底的愤恨,而在一旁的陆景琛斜倚着墙壁,看似不经意地观察着周围琐碎的痕迹,额头上还有尚未散去的隐隐汗水。

"什么意思？我们追重犯一路追到这里！"杜清野忍不住出声，特意将"重犯"两个字咬得很重，"车子、包，然后就是你，你觉得是什么意思？"他说完朝陆景琛递了个眼神，意思是让他配合着审问。

但陆景琛没有看他，只粗略扫一眼黎牧遥，然后径直从黎牧遥身边绕过去，后边是刚砌的横向墙体，尚未完工，大概是为了便于运输材料，旁边有一扇临时开的简陋木门。

陆景琛走过去推了推，木门应声而开，门后有门闩摇晃着掉落。

"你从这里进来的？"他问黎牧遥。

后者应了一声，没再和杜清野置气，回过头来跟陆景琛解释："我收到阮阮的微信消息，说在机场附近被人抢了包，追包的时候又迷了路，手机也只剩最后一点电，然后发了定位给我，我一路找过来的时候这里就已经是这样了。"

说完，黎牧遥指了指倒在地上的车子。

"收到这种消息你连想都不想一下，直接就过来？"

杜清野露出怀疑的表情。虽然自己也不大相信黎牧遥跟这件事情扯得上关系，但单凭一条微信消息二话不说直接冲过来，这显然不是杜老爷子口中那个优秀冷静的商业天才该有的举动。

杜清野还是觉得不太能理解。

陆景琛转过身来看了黎牧遥一眼,两人视线交错,他没有再提出质疑。

说实话,如果换作是他,恐怕也不会理智冷静到哪里去,就好像泛滥的诈骗信息,却总还是有人会上当受骗一样。重点不是这条信息有多少漏洞,而是短信里涉及的这个人名在自己心里占有多少分量。

杜清野还在揪着黎牧遥各种询问。

陆景琛从木门处折返,视线落在杜清野身边那堵墙上的小凸起处,不同于门后那栋未完工的新建筑,这边的民房要破旧得多,时日已久墙体粗粝不堪,加上旁边建筑拆迁时的损坏,墙外有小小的凹凸。

陆景琛一脚踩上左侧墙角堆积的砖块,另一只脚踩着墙壁,膝盖略微弯曲随即发力一跃而起,双手够上略高处的突起,再借力向上,整个人很快攀上一人多高的墙头,他在屋顶处环视一周后就跳了下来。

"走吧!"他拍了拍手上的灰。

黎牧遥回到公司,才再见到阮千帆。

"黎总,对不起,"阮千帆看到他,直直走过去,正想着解释下这次的事情,"这次的模特人选可能……"

"没事就好，"她话没说完，整个人忽地被黎牧遥圈进怀里，"你没事就好。"

黎牧遥闭了闭眼睛，松下一口气来。

他原本只是欣赏她的才气，计划着将她作为自己在O.M发展势力的突破口，一直以来，他也都以为自己单纯只有这么一个目的罢了。

直到今天，经由杜清野的提醒，他才后知后觉地发现自己做了多么愚蠢的事情，竟然仅仅凭借一条并不太可信的微信消息就放下手头数十万的项目，直直地冲向一个完全陌生的地方。

这根本不是他以往的风格。

可也是同陆景琛对视的那一瞬，他才意识到，自己对于阮千帆的心思，其实早已超越了初衷，她的喜好、她的安全、她的忧虑，早在不知不觉中被自己置于心底。

"黎总……"

阮千帆对于黎牧遥突然的亲密举止有些无措，她瞥一眼周围同事探究的眼神，默默地挣脱开来，后退两步拉开两个人的距离。

"阮阮，"黎牧遥却完全不在意，"模特的事情你不要管了，那些乱七八糟的事你也不要再参与，留在O.M，我来保证你的安全，我……"

"黎总！"阮千帆音量忽然提高了几分，她已然预料到他想说的话，只好开口打断，随手递过一份文件，"这是财务报表，麻烦你看过之后签下字。"

黎牧遥对她的好她比谁都清楚，她也心存感激，但他们可以是朋友，可以是同事，可以是上下级关系，却也仅限于此。

"真的很谢谢你，我会留在公司继续努力，而且我觉得在O.M的每一个人也都会这样。"

不等黎牧遥开口，她率先将话讲明。

黎牧遥深深地看她一眼，话说到这个份上，他自然也已经明了阮千帆的意思，默默地叹了一口气，淡笑着应声道"好。"

第十七章

TABICHUNFENGGENGMEIHAO

他闭上眼睛,忽地觉得胸腔里有一股暖流升腾。

"对不起。"

屋子里漆黑一片,几乎没有什么光线,冷气却打得极低,与室外的炎热形成鲜明的对比,让刚进门的人不由得打一个寒战,男人讷讷的声音在空气中格外突兀。

女人似乎并没有在意他的道歉,她背对着他,用力地攥着手指,瘦削的骨节泛起青白色:"他竟然护着她,故意布局!"

"他根本不是你想象中的那个人,"男人语气中透着深深的疲倦,"你又何苦呢?我们放手吧,现在还来得及。"

女人似乎根本没有听进去他的话。

"四年了,他还是想置我于死地吗?"她克制不住自己的愤怒,牙齿咬得咯咯作响,"不可能的,我这么喜欢他,他不可能这么对我!"

"他不喜欢你,你们之间从来没有爱情。"男人有些不忍,但终究还是道破。

女人忽地愣了一下。

"不!都怪那个女人,是她想要抢走景琛,我不会让她得逞,她的罪行应该得到惩罚,陆景琛永远都是我的,谁都别想跟我抢!"

她情绪十分激动,喊得嗓子发哑,随手抓起旁边的东西乱砸一通,手背碰上锋利的刀刃也不自知,仍然挥舞着手臂折腾。

男人着急地跑过来,用力将她圈在怀里,她手脚并用试图挣脱,情急之下抓住他的手臂张口就咬。

男人闷哼一声,皱着眉头却没有松手,任由血迹顺着她的嘴角淌下。许久,他才紧了紧怀里的人。

她也终于耗尽了力气,慢慢瘫软下来,嘴里却依然念叨着陆景琛的名字。

"永远……我们会永远在一起的,谁也不能抢走……"

窗外有车子疾驰而过,车灯从窗户闪进来,转瞬即逝的光影里映出一双噙满泪水的弯弯眉眼。

夜色浓重，"味谷"餐厅里却依然一派热闹景象。

"阿飞，快点，先把12号桌的咖喱饭送过去！"小灿一边理着账单一边催促阿飞，还不忘空出手来递菜单给后厨，"师傅快点哈，这个单有口味要求，注意看备注别弄错了！"

阿飞从楼梯口处过来，放下手里的扫把，看了一眼刚刚上楼的陆景琛。

"老板这会儿在楼上，没有粉丝能上去的，你别瞎操心了好吗？咖喱饭赶紧送过去，这会儿都快忙死了，你这个全能保镖这时候应该化身服务生！"小灿风风火火地从阿飞身边经过，忙着招呼客人。

"哦。"阿飞接了餐盘开始上菜。

没多久，有人拎着大包小包从门口快速冲进来，直奔楼上，阿飞下意识想要去拦，透过大大小小的袋子看到一张熟悉的面孔，默默地收了手。

小灿看到这一幕忍不住打趣："阿飞你职业病犯了吧？老板娘你也敢拦？"

阮千帆有些脸红，拎着各种袋子直直上了楼。

"阿飞现在可是身兼数职啊，保镖、保洁、服务生，哈哈哈！"靠着栏杆的杜清野朝楼下看了一眼，满脸的幸灾乐祸。

一回头撞上满头大汗的阮千帆，再往后是陆景琛板着的脸，他咽了咽唾沫，很有眼力见儿地过去接了阮千帆手里的大小袋子，整整齐齐地码在旁边的沙发上。

果然报应来得这么快吗？刚刚才笑话完阿飞，结果现在自己又能比他好到哪里去？

杜清野小声咕哝两句。

没有人理会他，阮千帆忙着整理袋子里不同风格的衣服，那天晚上和陆景琛商议去机场途中那场计划的时候，陆景琛竟然破天荒地答应了参与O.M时装展的事情，只不过要求尽可能减少出入O.M大楼的次数。

之所以应下这件事……

陆景琛抬头，看着敛眉认真看剃须刀说明书的阮千帆，她正打开剃须刀开关，嗡嗡声散开。

他之所以应下这件事情，也是为了确保阮千帆的安全吧。一旦她真的要出国去邀请那个什么模特，隐藏在背后的那个人，也不知道又会采取什么样的手段，事情难保不会变得更加复杂，所以还是留她在身边最为安全。

陆景琛这么想着，嘴角划过一抹几不可见的细微弧度。

"我……没用过这个！"

说是这么说，但阮千帆举着手里的剃须刀，还是装出一副很熟练的样子，胸有成竹道："不过我这个人天赋异禀，不会让你掉块肉什么的！"

陆景琛成为 O.M 时装展的主模，杜清野仿佛已经看到了闪闪发光的摇钱树。

倒不用担心陆景琛反悔，他向来守信，只是眼下，看阮千帆这副小心翼翼的模样，杜清野不由得有些怕她一时心软，舍不得下手，或者想要私藏陆景琛，而取消合作的事情。

是时候背弃多年的兄弟情谊了。

杜清野冲过去按了按陆景琛的脑袋，忽略掉对方微蹙的眉头，敲了敲他的下巴："阮阮，别怕，来吧！"

"本来是可以请专业人员的，是你自己不愿意去公司的，所以就算等会儿万一阮阮不小心刮破了皮肤出血了什么的，也不能怪别人！"杜清野鼓励阮千帆的同时还不忘给陆景琛洗脑。

不过是刮个胡子的小事，被杜清野给搞得好像要杀人分尸一样，阮千帆白了他一眼，过去扒拉掉杜清野的手，用温水打湿毛巾，两只手托着陆景琛的下颌，接着将剃须膏抹上推开，打出白色的泡沫。

她的动作很轻，指尖的温热在他下颌散开。她微微踮着脚，陆景琛俯了俯身子，将两个人的身高差缩小些，她浅浅的呼吸落在他鼻侧，他闭上眼睛，忽地觉得胸腔里有一股暖流升腾。

待在旁边的杜清野显得有些多余，他摸了摸鼻子转移话题："哎，景琛，我们今天就这么恰巧遇到黎牧遥，你真的一点都不怀疑？"

"黎总不可能是那个人，"阮千帆插话进来，"我微信账号今天确实出了问题，一定是有人动了手脚故意发短信引他过去的，更何况，他根本没有动机做那些事。"

"怎么没有动机？"杜清野说，"你看，当初是他带你来O.M的吧？你不要以为我不知道，他对你的好可不是普通上下级或者朋友之间那样，之前骆深那个疯女人跟你吵架可就是因为他……"

想到什么，他及时打住："哎，反正事实就是这样，他对你有好感，可是你又钟情于我们景琛。"

阮千帆手里的动作一顿，不经意地瞥了一眼陆景琛，后者似乎没有注意到这句话一样，依旧闭着眼睛安安静静的模样。

"那句话怎么说来着，因爱生恨嘛！"杜清野继续说，"办公室血迹事件是发生在O.M，后来被人带去墓地那次也是你和他一起出去时发生的,再后来,派你去国外的人也都是他!"

阮千帆总觉得不是这样,但一时又找不到理由去反驳。

"不是他。"陆景琛闭着眼开口,"我们今天过去的时候,那个人已经逃走了。"

杜清野一下子闭了嘴,默默地等着他继续说下去。

"黎牧遥这种人,平日里大多有专职司机接送或者是自己开车,车型多为商用轿车,对摩托车这种交通工具,虽不敢说他一窍不通,但应该没有熟练技术可言。清野你的驾车技术怎么样?按照你的技术,今天都没能直接追上那辆摩托车,可见那人的摩托车驾驶技术非一般人可比。"

顿了顿,陆景琛继续说:"当然,仅凭这个也不能说明什么,但是清野,你记得吗?那扇门的门闩是在外面的,我去看过没有任何损坏的痕迹,也就是说它是从外面被人正常打开的,在黎牧遥过来之前,那扇门外边上了锁,而我们过去的时候,黎牧遥是什么状态?他背对着我们弯着腰在喘气休息,并且没有任何防备,甚至根本没有察觉到我们两个人过去。假设一下,你是那个人,在被人匆匆忙忙追了那么久以后,自己进入了前门已经被锁、而身后随时有可能会被人追进来的死胡同里,还有心思这么安稳地停在那里休息吗？"

"另外，黎牧遥脚上的皮鞋。"陆景琛看了杜清野一眼，"你应该也看到了。"

杜清野努力回忆，半晌才慢吞吞地接下话："是YC今年年初发布的新品，价值应该在十五万人民币左右，算是同类男鞋中比较低调的一款……"

"杜清野，这可是你们杜家自己的产品，你就只知道这么一点皮毛？"陆景琛挑眉打趣。

杜清野尴尬地挠了挠头。

"你觉得那个人会穿十五万的皮鞋来跟我们赛车？"陆景琛收了笑，恢复一如既往的平淡表情，"我试过，从旁边那堵墙爬上去并不难，而且在我爬上去之前，墙角那堆砖块已经有明显的松动迹象。还有很重要的一点，气味。"

"我在最开始追那个人的时候，差一点够到他的摩托车后座，他身上有一种很浓重的特殊气味。"陆景琛闭着眼睛，"这是黎牧遥身上没有的，其他许多线索都可以临时遮掩，但气味在短时间内是没有办法消除的，同时，这也是最容易让人忽略的一点。"

杜清野摩挲着下巴，不知道在想什么。

"清野，那天我不是让你送完阿飞再过去吗？"陆景琛问。

"哎呀，这你可冤枉我了，我发誓我真没有偷懒，是准备要送他去医院来着，但是走了不到一站路，他说不放心阮阮一个人，就非吵着要我放他下车，说是自己搭公交车就行了。我也想着要快点过去接应你，所以就放他下去了。"

"行，我知道了。"

陆景琛没再问下去。

原本最不希望的一种猜测仿佛已经被证实。

杜清野长长叹一口气："又失手一次，现在已经打草惊蛇了，接下来要想再抓住对方的尾巴，恐怕就更难咯。"

陆景琛刚想说话，下巴被人一个用力扭转到另一边，阮千帆推着手里的剃须刀斜着剃去他右侧的胡楂，替他开了口："那个人这次还没有得手反倒被盯上，他应该比我们还慌，一定会趁着我们掌握更多线索之前再对我有所行动。只要对方还会再行动，那就不会缺少抓住他们漏洞的机会。"

"所以，"陆景琛这次自觉地转向右边，露出左边下巴给她，"他们很快还会有行动的，下一次就是抓捕嫌犯的时候了，杜清野你随时做好准备。"

"呃……"杜清野没太明白，不过听到陆景琛的话也轻松了几分，"可能，我的智商真的不适合想这种东西。反正我只要知道景琛你可以查清案子，我到时候只负责抓人就行了！"

剃须刀"嗡嗡"的声音停止，房间里突然变得格外安静。

阮千帆收了剃须刀，脑门上已经是细细密密的一层汗珠。

陆景琛剃完胡楂直起身子，有些不习惯地摸了摸下巴，刚想接着杜清野的话继续说周毅的案子，一抬眼瞥到阮千帆额头上的几滴汗珠，忍不住弯了嘴角："剃须而已，怕什么？"

阮千帆觉得脸有些发烫，不动声色地抹去汗水，梗着脖子嘴硬："我这是热的。"

陆景琛没有再深究，倒一杯水递过去，看向杜清野："周毅的案子顺着上次的线索查下去，怎么样了？"

说到这里，杜清野有些得意，虽然智商比不得陆景琛，但自己的办事效率还是相当不错的。

上次按照陆景琛的提示去追问陈含，对于周毅出轨的事情，她开始刻意隐瞒，无非是觉得死者已去，不想再让这件事情传开，给他抹黑，杜清野看得出来，陈含对周毅的感情是真的。

当他说只有她坦白，才能尽快查清案情，给周毅的死一个交代的时候，陈含很快就松了口，他没费多少力气，就拿到了周毅生前常用的另外一张手机卡。

与周毅关系暧昧的正是他的顶头上司，嘉诺建筑工程有限公司副总赵冉琳，两人背着陈含在一起近一年。杜清野找过去的时候，赵冉琳才终于失声痛哭，最后道出了实情：案发当晚她确实去过施工现场，并且与周毅有过口头争执。

她一直不知道周毅已经有订婚的未婚妻，周毅从来没有提到过，反而处处表现出单身的状态，所以她才会跟周毅在一起，那晚起争执也是因为她事先收到了周毅与未婚妻因为分手的事情而争吵的视频。

赵冉琳其实已经怀孕，周毅之前也跟她商量过结婚的事情。眼看着一切都要顺利地走下去，却突然凭空出现所谓的"未婚妻"，赵冉琳自然想在第一时间要一个解释和说法，于是也没顾得上多想，就按短信里提供的地址去施工现场见周毅。

"其实，"杜清野皱了皱眉说，"我也觉得仅仅凭借一条短信，就在深夜直奔施工场地这种地方有点说不通。但是赵冉琳说，周毅工作很认真，晚上在施工地处理突发状况或者别的事情的情况很常见,更何况,她出门有司机跟着,所以也不会担心安全问题,主要是,她过去的时候确实在那里见到了周毅。"

"赵冉琳说,那时候她满脑子都是周毅有'未婚妻'的事情,根本顾不上考虑别的。两个人一见面,赵冉琳开门见山直接盘问起来,周毅那时候解释说他跟陈含的事情很快会处理清楚,但赵冉琳根本不是好糊弄的人,就追问具体处理方法和时间……"杜清野回忆着当日问话的状况,实在懒得再叙述那些琐碎事情,"总之就是两个人没谈拢,周毅觉得赵冉琳在逼他,赵冉琳觉得周毅是在敷衍她,后来两人就大吵一架,赵冉琳扭头就走。"

听到这里,阮千帆不自觉地叹一口气,感情永远都是万年难题。

"周毅死的事情,赵冉琳也是后来才知道,因为警方已经插手,而她怀有身孕,不想多惹麻烦,再加上说到底她与周毅的关系也不正当,所以才一直没有露面说案发当晚自己见过周毅一面的事情。"

杜清野好不容易说完,又补上一句:"我也查过了,赵冉琳应该没有撒谎,她的行程有司机可以作证,她在医院做过的孕检记录,我也去核对过了。"

"其实吧,她也是个可怜虫。"杜清野感叹一句,然后懒懒地瘫在沙发上，看着陆景琛，"怎么样？有头绪了吗？"

陆景琛没有说话，但他脑子里的那条线索，似乎慢慢连了起来，整件事情在他脑中已经慢慢有了雏形。

"也许，那个人真正针对的不是千帆或者警队，而根本就是我呢？"陆景琛声音沉了几分，抬眼间目光深邃遥远，仿佛想到很遥远的事情。

"你说什么？"杜清野没听清楚陆景琛的话，挑着眉再问了一遍。

"没什么。"陆景琛抬头看了他一眼，淡淡地回应道，然后绕过沙发走到阮千帆身边，接过她手边其余的几套衣服，"这几套都要试一下吗？"

阮千帆原本还在等着他分析出新的头绪来，却不料他只是走过来问服装的事，一时间有些愣，反应过来以后才将衣服递到他手里。

"别想了，眼下你只要准备好 O.M 的时装展，至于其他的事情，不用担心。"他用力握了握她的手腕。

阮千帆没有说话。

旁边的杜清野捂着眼睛开始酸溜溜地嚷："别动不动就虐狗啊！我这整天跟那些穷凶极恶的罪犯打交道的单身

狗,是最需要保护和安慰的好吧?你可不能这么……"

话没说完,杜清野忽地眼前一黑,被衣服劈头盖脸地蒙住了脑袋。

"你要是太闲的话,去楼下帮阿飞端盘子,或者,杜老爷子那边……"

不等陆景琛说完,杜清野自觉地捂住了自己的嘴巴。

第十八章

TABICHUNFENGGENGMEIHAO

遇到身边这个人之后,她变得像个小女生。

按照陆景琛的嘱咐,阮千帆也真的没再插手案子的事情。

事实上,时装展在即,她也根本没有工夫去想那些,每天除了忙场地、展台等各种琐事以外,还要联系化妆师讨论造型,以及出入"味谷"给陆景琛试妆等。

不过,陆景琛虽然并非专业模特出身,但几次下来配合度颇高,甚至他在镜头前的表现力让公司里原本抱有看法的一些同事也慢慢闭了嘴,所有人都尽心尽力地为时装展做着最后的筹备。

而隐藏在暗处的那个人,也反常地再没有任何举动。

杜清野不知道是不是真的被杜老爷子抓了回去，向来离不开陆景琛的他，这段时间却很少露面，连"味谷"餐厅里也好像少了几分往日的热闹。

一切平静得让阮千帆反倒有些慌。

时装展前一天。

傍晚落了一场小雨，盛夏里最热的那几天也已经过去，空气里沾染着些潮湿气息，阮千帆斜靠在吧台边，百无聊赖地把玩着手机等陆景琛回来。

最近也不知道他们两个人私下里在调查些什么，陆景琛从O.M回"味谷"没多久，总会被杜清野一个电话叫出去，阮千帆则被留下来看店。

"老板娘！"小灿忙里偷闲地凑上来，笑嘻嘻地盯着阮千帆，"透露一下呗，你是怎么把老板搞到手的？"

自从阮千帆第一次留宿之后，小灿每次看向她的眼神就总是别有深意，每每都主动唤她为老板娘。阮千帆纠正了几次都无济于事，陆景琛并不在意这些，后来索性也就随她去了。这段时间以来，眼看着两个人越走越近，小灿一口一个老板娘叫得更是欢快。

阮千帆无奈地笑了笑，没有说话。

"老板娘，我跟了老板差不多快四年，在你之前还没有见过哪个女生能近他身的呢。"小灿望着大厅里一众女顾客,故作老成地叹了一口气,"我原本还以为,神坛上的人都是不食人间烟火的,更别说瞧上我们这些凡夫俗子了。"

"以前就没有女生追过他?"阮千帆看着小灿丧气的样子,也不由得随口问了一句。

小灿深深地看了一眼阮千帆,心下了然。

女生嘛,难免想要打探一下对方的情史,老板娘也不例外。

"老板娘,我跟你说,你看啊,"小灿指了指大厅里的客人,故作神秘地压低了声音,"其实大家都心知肚明,来这里吃饭的,哪一个不是为了老板?'味谷'名声刚开始传出去的那段时间里……"小灿别过头附在阮千帆的耳边上悄声说,"还有女生来强的!"

阮千帆皱了皱眉头,小灿怕她误会,又立马解释:"不是你想的那样,就是那种,一沓人民币拍桌子上,或者直接天天冲进来围堵的。"

"不过呀,那时候老板真的很颓,据说是四年前发生了什么很严重的事情,好像说是女朋友怎么怎么样,老板还直接追去国外一趟,回来之后整个人就一蹶不振,她的东西现在还存着呢……"小灿的八卦之火一发不可收拾,说着就停不下来。

阮千帆脸色微变。

又是四年前的事情？她不由得胸口一紧。

"当年，他跟那个女生究竟怎么回事啊？"阮千帆脱口而出。

小灿见阮千帆这么紧张的样子，懊恼地拍了拍脑门，自己整天跟阿飞在一起胡说惯了，现在跟正牌老板娘都在瞎叨叨些什么啊？

"哎呀，过去的事情已经过去啦，这些也只是阿飞听到的一点传言，老板娘你现在才是正牌，不用担心的！"小灿立马转移话题，"老板现在对你这么好……"

阮千帆没有心思听她后边的话，满脑子都是陆景琛的过往，他究竟遭遇过什么样的事情？和那个女孩子又是什么关系，后来怎么样了？

"哎呀"一声，门被推开，陆景琛从外面走进来，他淋了雨，外套上还有淡淡的水渍，只随意扫一眼，小灿立刻心虚地溜开。

陆景琛一眼看到阮千帆走神的样子，勾了勾嘴角走过去，在她面前敲了敲桌子："老板娘，买单！"

阮千帆忽地回过神来，一抬眼撞上陆景琛略带戏谑的眼神。

"查出什么了吗？"阮千帆没心思顾及他的玩笑，难掩紧张不安的神色，下意识地伸手一把拽住了他的衣袖，微微仰着头等他的回答。

她眼皮跳得厉害，可知道的事情却很有限，她看得出来，陆景琛整天一副云淡风轻的样子，不过是为了让她心安罢了。

明天就是时装展，无论对方针对的人到底是她还是陆景琛，对凶手来说，无疑都将是行动的绝佳时机，只是对方身处暗处，他们防不胜防。

陆景琛将她的心绪不宁全都看在眼里，顿了顿，晃了晃手里的车钥匙："走吧，带你去会场再检查一遍？"

其实他刚刚才跟杜清野去过会场，前前后后将所有有可能出现问题的地方都仔细查看过一遍，他比谁都清楚，对方极有可能趁这次时装展再行动。杜清野最近都在整理这起案件的资料，可是，对方藏得深，他一时也很难判断下一步会有什么样的举动。

但对于阮千帆而言，除却自身危险之外，这场时装展更是倾注了自己许多心血。

他只能竭尽所能让她安心一点。

夜晚有风，车子一路疾驰，阮千帆的头发被吹得散乱。

她侧着头看窗外的路灯一一闪过，脑海里有千头万绪，她想问的事情太多，比如，四年前到底发生过什么事？与陆景琛又有什么关联？无论背后那个人针对的究竟是他还是自己，又是出于什么样的目的？

这些陆景琛从来都没有提过。

阮千帆无意识地抠着胸前的安全带，眉头拧成一团。

说不担心是骗人的。

她扭过头去看他，他最近尝试过许多造型，现在头发被剪得有些短，从她靠坐的角度看过去，刚好看到露出来的右耳、棱角分明的下颌，他的五官深邃立体，侧影利落。

"陆景琛，"她想了想，还是忍不住开口，"四年前你到底遭遇了什么事，是不是得罪过什么人？"

陆景琛专心地开着车没有说话。

许久之后，阮千帆深吸一口气："还有，你之前那副萎靡不振的样子，是因为那个女生吗？我想……"

"晚上吃什么？"

他突然转过头来看她，仿佛根本没有听到她刚才说的话一样，他嘴角轻轻上扬勉强漾着笑意，但眼底却冰凉一片，很明显他并没有回答的打算。

四年前发生的事情始终是横在他心里的一根刺，事到如今，谈不上介怀与否，只不过，眼下的处境复杂，阮千帆知道得越多，越容易涉入险地。

他不愿意让她暴露在不由他控制的未知危险里。

面对陆景琛的躲避，阮千帆总觉得心里闷闷的，过了好半天她一句话都没有说，只是直直地盯着他的侧脸，固执地等他回答自己的问题。

车内陷入一片安静，如同两个人无声的对峙。

"千帆，"陆景琛回头瞥她一眼，抿了抿嘴，仿佛有些妥协，耐心地解释，"我知道你想弄清楚现在的情况，但是你看到的，很多东西都是我们的揣测没有直接证据，所以目前为止，我自己也没有办法断言对方的意图。"

右侧有车驶过，遮住些许光线，他的轮廓陷入忽明忽暗的阴影里，神色难辨："至于别的，我不知道你从哪里听到了什么传言，事情过去这么久，也没有再提起的必要。"

有那么一瞬间，阮千帆看到他眼里淡淡的一层浮光，她觉得心里被什么东西堵上，点点失落浮了上来。

陆景琛察觉到她的异样，腾出一只手伸过来，隔着衣袖用力握了握她的手腕。

"虽然不知道那个人是什么目的，但是，"他笑着安慰她，"我会确保你的安全，不会有事的，不用怕。"

不过平淡的一句话，阮千帆却蓦地有些脸红。小灿说得没错，不管以前发生过什么样的事情，但至少现在到以后，在他身边的都只会是自己。

原来自己这么容易满足。她动了动被他握住的手腕。

他的手掌宽厚有力，隔着薄薄的衣料也能感觉到他掌心的温度，有种让人无端安心的力量。

她问："这也是你同意参加这次时装展的原因？"

陆景琛不置可否，只淡淡地笑了笑。

也不知道哪里来的勇气，阮千帆将手腕上移，将整只手放置在他手心里，末了又像十几岁的小姑娘一样，固执地交错着十指将他的手扣住。

这举动其实不是她的风格，放在以前，她若看到这样的事情，必然是要取笑好半天的，她可是百毒不侵的女金刚，没有什么事情是她解决不了的，她也更不会对一个人的过往处处计较。

可是遇到身边这个人之后，她变得像个小女生，会怕冷怕热，会想要替他遮风挡雨，也会想要躲在他的身后安稳度日，许多时候，连往日的冷静理智都失去了几分。

想到这里，阮千帆又觉得有些矫情，她别过头假装看向窗外，可车窗玻璃上也隐约映着他的轮廓。

陆景琛直视前方，没有回头看她，也没有再提四年前的事情。

可夜色中，他凌厉的五官也忽地松垮下来，嘴角轻轻上扬，便有深刻的笑意从眉眼间漾出来。

……

即便是陪阮千帆过来再次检查会场，陆景琛也没有丝毫懈怠，几番下来并没有发现什么异样的情况，阮千帆虽然还有些隐隐的不安，但所能想到的地方都已经查看过，也只能走一步看一步了。

翌日，阮千帆早早赶去会场，同陆景琛在后台化妆的时候，就已经感觉到外面热闹至极的气氛。

虽不比国际规模的时装秀，但 O.M 也是知名大品牌，下半年时装展其实也是主推自家旗下的新品设计，除此之外，也是时尚界新潮流的展示，业界不少品牌也会有相关的合作，在座嘉宾个个光鲜亮丽，各大媒体自然也是挤破了头争相报道。

杜清野持有 O.M 给杜家的邀请函，此刻正坐在前排左侧的位置上，眯着眼睛打量周围的美女，实际上心里如猫爪挠过一样。他正襟危坐，看似放松实则视线来回扫过会场的每一个角落，虽然队里安插了不少人，他心里还是隐隐觉得不安。

背景音乐刚刚响起,便有闪光灯交错闪烁。

一众模特依次从 T 台走过,传统中国风与时尚元素的完美融合瞬间吸引了所有人的目光,等到陆景琛出场的时候,更是引起台下不小的轰动。

他穿米白色的宽大外衣,配有斜襟青底图样,右侧纽扣配饰则为中国传统编织样式,整个造型集合多种元素又不失简洁冷冽。而陆景琛虽然非专业模特出身,属于时尚界的新面孔,却也不失气场,他在整个走秀过程中相比专业模特又多了一份肆意与落拓,让人眼前一亮。

台下拍摄与称赞声此起彼伏。

阮千帆站在后台远远地看着,连同之前心底的不安都一扫而空。

陆景琛感觉得到身后的目光,他折返的时候微微侧头,望向阮千帆的眸子里盛着满满的笑意。

下一秒,目光却陡然沉了下去。

他脚下一颤,头顶的灯光在一瞬间晃了晃,眼前所有的东西的影子也都随着光影有轻微的颤动,人群霎时间骚动起来,他心里"咯噔"一下。

顾不上多想,陆景琛直直掀了披在身上的外套,朝阮千帆的方向冲过去。

"是地震!"

"地震了!"

混乱中有人扯着嗓子忽地大喊一声。

台下熙熙攘攘的人群陷入混乱之中,几乎一刹那,所有人都疯了一样朝出口拥过去,尖叫声、抱怨声、玻璃撞击碎裂声……

阮千帆被突如其来的混乱搞得有些蒙,下意识地朝T台上陆景琛的位置看过去,但四周的人群拥挤,她处在台下,根本看不清楚旁边的状况。

"陆景琛!"

阮千帆被人群推着往前走,不时回头搜寻陆景琛的身影,场面太过嘈杂,她的声音很快便被淹没。

不知道哪里的线路被破坏,现场忽然断了电,只剩下应急灯微弱的光亮。原本混乱的人群在黑暗中越发慌乱焦急,周围拉扯着乱成一团,维持秩序的保全根本没有任何作用,陆景琛竭力保持镇定朝着阮千帆的方向移动,眼看着到了她面前。

"跟着我!"

举步维艰的时候,阮千帆忽地感觉手腕处一紧,有温热的手掌覆上来,原本慌张的情绪立马平复下去,她不假思索地在黑暗里跟着他走。

　　陆景琛一路从T台冲过去，眼看着到了阮千帆身边，刚刚开口，伸手的瞬间有人从身边风风火火地挤过去，手机手电筒的灯光微弱，被晃动的人群分割得零零散散，他一个转头的工夫，阮千帆却忽然掉转了方向迅速离开。
　　他再要追过去，对方却已经混在人群中没了踪影。
　　他心里生出不好的预感，只好一边尽量安抚着人群，一边朝出口方向移过去。

　　杜清野匆匆忙忙配合着保全疏散人群，所幸并没有造成人员伤亡等情况，工作人员也开始清理会场。
　　找到陆景琛的时候，杜清野才发现他衣服都没来得及换，板着一张脸正在四处搜寻阮千帆的下落。周围几个人都被他的气势吓到，站在旁边一声不吭，站在不远处的黎牧遥更是阴沉着脸，转身找人去调出会场的所有监控录像。
　　"景琛你先别着急，"杜清野过去拍了拍他的肩膀，"就这十来分钟的工夫，不会有事的，黎牧遥不是已经去调监控了吗？"
　　"如果真的是那个人动的手脚，你觉得监控会有用吗？"话是这么说，但他还是抱着希望朝监控室的方向走去。

杜清野看着陆景琛骇人的脸色，噤了声。

他前一天晚上就跟陆景琛商议过时装展的事情，虽然尽力做好万全的准备，但也没有料想到对方会闹这么一出。

眼下看到陆景琛难得慌乱，他心里也揪成一团。

不出陆景琛的预料，监控只拍到断电之前的画面，有人拽着阮千帆的手腕转身离开，之后整个屏幕便是漆黑一片，根本查不出她被带走的有用线索。

"景琛，我已经给队里打了电话，侯队等会儿派人过来扩大搜索范围……"杜清野还在絮絮叨叨地安慰。

陆景琛根本没有听进去，他定下心神，站在原地深深吸一口气，盯着视频一遍一遍地看，眼神也慢慢亮了起来。

"清野，打电话给小灿，让她看看抽屉里那张 O.M 时装展的邀请函还在不在？"

"好。"

杜清野也没多问，立马拨了电话回去。

屏幕上的视频继续播放着。

混乱发生，陆景琛费了很大工夫才挤到阮千帆身边，接着是她掉头离开的画面，因为光线问题，视频画面有些模糊不清，依稀可以看到握住阮千帆的那只手。

陆景琛拖动鼠标，将画面放大。

对方露出米白色衣袖，同当时 T 台上的陆景琛穿的衣服正是同一色号，而在衣袖底下，隐约露出那只手背上的一块疤痕。

如果对方与陆景琛身形相似，加上同色系衣服，在昏暗与混乱中要混淆阮千帆的视线从而将她带走，这也并不是难事。

视频拍摄截止到 20 点 14 分 46 秒。

陆景琛皱了皱眉，打开另外一个文件夹，播放活动现场的大屏幕投影视频，结果视频在 20 点 14 分 39 秒的时候就已经中断。

只有七秒的时间差，几乎不会被人注意到，所以大家下意识地会认为二者是在同一时间断电。

监控线路是与整栋楼的总线路连在一起，而会场的控制器只能影响现场的电源。

七秒的时间里，对方不可能先切断现场电源再赶往总线路控制室去切掉监控，所以监控视频中断不是因为断电的缘故，而是被人为截取损毁掉后半部分。

也就是说，那个人先在现场断电，然后趁乱赶在陆景琛之前带走阮千帆，再在大家都忙着疏散人群的时候，截取已经拍摄下来的视频文件进行部分损毁，制造出断电所导致的监控没有拍下现场的假象。

如果是这样，那么在他带走人之后，折返损毁监控的这段时间里，阮千帆一个大活人，又能被藏在什么地方呢？

所以，这件事情背后有两个人？

陆景琛脑中浮现许多细细碎碎的片段——

杜清野当时送去"味谷"的时装展邀请函……

辉域商场跟丢面罩男时他耳边的浅浅印记……

因他一夜未归时有人无比焦急，整晚不停打电话给杜清野……

因为受伤打翻酒杯，被杜清野送去医院却固执地中途下车……

陆景琛狂追一路而闻到的特殊气味……

阮千帆几次昏厥仅仅被判断为过度疲劳……

即便一早就有过这样的念头，但现在得到证实之后，陆景琛还是觉得脊背发凉，他用力攥了攥拳头重重地砸在桌子上，然后起身往外走。

杜清野挂断电话，一路追上来："景琛，小灿说邀请函不在了。"

陆景琛步子忽地一顿，他抬头往T台方向看了一眼，然后转过身往左侧找了找角度，迈开步子朝前走了几步，再停下来折返。

杜清野一时有些蒙,刚刚不是还火急火燎地忙着找人吗?怎么这会儿开始在这里散步了?

"景琛你在干吗?阮阮都被人带走了,搞不好这会儿都已经……"他做了个抹脖子的手势,又觉得不吉利,用力抽了自己一嘴巴,"呸呸呸!"

陆景琛找准位置,环视一周,然后试着往后边的方向走。走了没几步,他又停了下来,目光落在后台扶手上一抹殷红的划痕。

他走过去摸了摸,放在鼻尖轻嗅,沿着这条路继续往前走。

"哎,你真的一点都不担心吗?"杜清野满脸焦急。

"不会的。"陆景琛俯身,摸索着捡起地上的东西,掌心里的珠子上歪歪扭扭的字迹摩擦着皮肤,有种粗糙的质感,"我了解她。"

从会场后门出去,是南北向马路,往北通过十字路口是越渐繁华的商业街以及校区,而往南边是这几年新建的楼盘。

陆景琛在路边站定,抬眼打量。

附近的楼盘多为商用,东南一带的大楼基本已经装修完毕,设施齐全,运作成熟,只剩西南方向 G1 栋因为地理规划原因,与其余几栋楼隔开一段距离,据说要建成全市最大规模的健身俱乐部,装修工程复杂,至今未完,所以也一直还没有正式投入使用。

不远处,室外泳池里水波盈盈,隐约折射着远处模糊的光点。

漆黑一片的整栋大楼屹立在夜色中,显得异常肃穆。

陆景琛的视线一点点扫过整栋楼层,忽地捕捉到四楼窗户玻璃闪过的一丝极其细微的光线,他迈开步子,又回头瞥了一眼杜清野:"清野,打电话给侯队,让他带人过来抓捕嫌犯!"

第十九章

TABICHUNFENGGENGMEIHAO

陆景琛,那就一起死好了!

阮千帆清醒过来的时候,后颈还有隐隐的酸痛感。她慢慢睁开眼睛,入眼处却是一片漆黑。她动了动,手指触到黏腻的液体,有血腥的味道涌入鼻腔。

她心下一惊。

现场出现混乱的时候,她第一反应是去搜寻陆景琛的身影。人群拥挤乱成一团,她逆着人流寸步难行,正手足无措的时候,陆景琛的声音出现在她耳边,他一把拽住她的手腕,她几乎想也没想就跟着走。

但很快就察觉到不对劲——

陆景琛今晚的服装都是出自她之手,虽然面前的人也穿着米白色衣服，而昏暗的环境下又看不清是否是同一款服饰，但面料触感有明显的差异。

联想到之前发生的种种事情，不出所料的话，对方是要利用这次机会对她动手了。

她没有拆穿，只是悄悄摸出揣在衣兜里的口红，趁乱随手在旁边划下痕迹。

等到出了侧门，她后颈一痛，整个人便没了意识。

也不知道她留下来的标记，陆景琛有没有注意到？

阮千帆回过神来，就着外面的一丝光亮，打量现在所处的环境，可遗憾的是，光线实在太弱，她只能看见周围大致的轮廓，到处横七竖八地摆放着罐状物。

她揉了揉脖子，站起身来，然后摸索到口袋里的手机。

"准备打电话给陆景琛，还是打算报警？"

身后传来女人温和甜腻的声音，阮千帆一下子提高警惕，转过头后退两步。

来人一副漫不经心的样子，拎着一个小小的手电筒随意摆弄着，光束从室内闪过，在横七竖八的燃气罐上落下影影绰绰的光影，映着这束朦胧的微光，阮千帆才看清楚对方的模样。

她穿一身黑色的衣服，衬得整个人越发纤瘦，一头长发扎成高高的马尾落在脑后，看上去也不过二十多岁的小姑娘，头上的黑色鸭舌帽被压得很低，只有在略微抬头的时候，才露出一双弯弯的眼睛。

四目相对间，阮千帆脑海中有许多凌乱的碎片拼在一起。

最初她从"味谷"回家的中途晕倒，后来在 O.M 大楼下见到疾驰而过的汽车，从聚会的院子里将她带去郊外墓地……

是眼前这个人。

"你……"

阮千帆刚刚出声，对方却忽地走过来，将食指比在嘴唇的位置，做出"嘘"的手势。

"你可以打电话求救。"她笑着转动手电筒，右手攥着一把明晃晃的短小军刀，在昏暗光线中散发着冰冷的锋利光芒，"别怕，我不打算动你，我还要留着你等景琛过来呢！"

阮千帆还没弄明白她的意思，又听到她话音一转："但是，我不能保证这个人能活到什么时候！"

她左手晃了晃手电筒。光线尽头的窗户下，骆深斜躺在地上，手腕殷红一片，衣服上有斑斑的血迹。

阮千帆用力咬牙才勉强克制住情绪,眼眶却已经泛红,她闭了闭眼,尽可能让自己先冷静下来。

对方一直站在原地没动,嘴角勾着半分冷笑,一副旁观者的样子。

阮千帆看了她一眼,然后冲过去用力拍拍骆深的脸颊,没有任何反应,她伸手探了探鼻息,又不放心地趴下去听了听骆深的心跳。

生命体征尚在,骆深应该只是陷入昏迷状态。

做好简单的止血包扎,阮千帆才后知后觉地发现自己心慌得厉害,手心已经被汗完全浸湿。

"所以这些天以来,你针对我是因为陆景琛?"她觉得自己的声音都在颤抖。

越是这样,对方似乎越兴奋。

"哦,对了,忘记自我介绍。"女人仿佛忽然想到什么一样,冲着阮千帆甜甜一笑,朝她伸手,"我是苏清纤,陆景琛的女朋友。"

即便已经有过无数种猜想,可听到"女朋友"这三个字的时候,阮千帆还是觉得头皮发麻。

见阮千帆没有握手的打算,苏清纤也不恼,收回手插在衣兜里:"我上次已经劝过你了,最好离陆景琛远一点,可是,你很固执啊……"

苏清纤慢悠悠地走过去,拧开两三个液化气罐阀门,"嘶嘶"的细微声音在空气中散开。阮千帆紧紧盯着她的动作,呼吸一点一点紧促,心脏也随之抽搐起来。

"你猜猜自己还能等到陆景琛过来吗?"

苏清纤像看玩具一样望着强装镇定的阮千帆,笑意越发深邃,又忽然走到她面前,做出一个炸裂的手势:"'砰'的一声,你就不会再缠着景琛了。你说等会儿他过来的时候刚好看到这一幕,会不会开心?"

说完,她自顾自地笑了起来。

疯子!阮千帆脑海中只有这两个字。

"苏清纤,且不说我跟陆景琛怎么样,"阮千帆试着拖延时间,"如果今天真的发生爆炸,你手里攥着的就是两条人命,你觉得你逃得过法律的制裁吗?还是说你觉得陆景琛会原谅你?"

"原谅?"苏清纤仿佛听到了什么好笑的事情,"你们这些人不该死吗?陈含跟着周毅那么多年,她那么爱他,明明已经要结婚了,可周毅非要提分手的事情,他辜负了陈含,又欺骗赵冉琳的感情,这还不该死?你呢,横在我和景琛之间,又是什么目的,你以为我不清楚吗?"

"所以周毅是你害死的?"阮千帆满心愤怒与悲哀,

只觉得自己牙齿都在打战。

"是判决。"她强调道，语气稀松平常，"跟四年前的一样。"

"幼儿园园长带头并纵容老师虐童，还有为求自保将好友置于死地的娄甄，包庇儿子酿成连环惨剧的妈妈……"她看着阮千帆，眼神狂热，"他们最后都自杀了，这就是对他们的判决。"

"比起他们你和周毅又能好到哪里去？我帮你们一把不好吗？"

"还有陆景琛，我喜欢他这么多年，四年前在案子和我之间，他已经做错过一次选择。如果这一次，因为你，他再次选择背叛我——那你们都该死。陆景琛只能喜欢我一个人。"

她说到最后几乎已经变成自言自语，每次提到"陆景琛"，她的情绪便会异常激动。

所以，这个人之前一直针对她所做的种种，都只不过是出于情场上的争风吃醋？这拿人命当儿戏的疯子！

阮千帆想着，往旁边退两步，透过身后的玻璃窗，外面漆黑一片，依然没有警队赶来的丝毫迹象。

手电筒已经关掉，室内光线极暗，她望了望正泄露着燃气的液化气罐，慢慢觉得脑袋隐隐作痛。

这个疯子不知道还会做出什么事来，如果陆景琛过来，难免涉入险地。

阮千帆有些后悔今天做的标记。那时候根本没想到这个人会这样疯狂，连自己的性命都不顾及。

她想了想，既然苏清纤只在意陆景琛，那么唯一能打乱苏清纤的计划让她乱了阵脚的，大概也只有他了。

阮千帆强打着精神挤出笑容，装出一副镇定的样子："恐怕这次你要杀错人了。我接近陆景琛只不过是为了工作的事情。他对你的感情你自己都不清楚吗？四年来他连别的女生看都没看一眼。但是反过来，如果你因为搞错了状况，而夺走一条无辜生命，陆景琛会怎么看你呢？"

苏清纤果然愣了一下。

空气里只剩越来越急的液化气嘶嘶泄漏的声音。

阮千帆看上去冷静又轻松，可是只有她自己知道，握着的掌心里其实已经沁出细细密密的一层薄汗。

外面一点动静都没有，她等待救援的希望也一点点落空。这样也好，她一个人来结束这些罪恶，总好过陆景琛目睹记挂四年的人变成如今这副模样。

她仰着脸，沉沉地笑了。

陆景琛，我不知晓你有什么样的过去，也没把握占据你的未来，可是这又有什么关系呢？感情原本就是一厢情愿的事情，如果这一次，能够结束这些日子以来所有的意外和事故，能够将你带出四年前的噩梦。那么，无论是什么样的代价和结果，我都接受。

她深深吸一口气，然后握住口袋里的裁剪刀。

苏清纤却先她一步，从衣兜里摸出一枚打火机掂在手里，锃亮的金属外壳泛着若隐若现的冰冷光芒。

苏清纤嘴角的嘲讽愈加深邃，抬手便要掀开盖子。

阮千帆心头一紧："苏……"

话没说完，旁边的窗户被一道重力撞上，玻璃碎裂一地。

陆景琛膝盖微屈，一跃而进，他丢掉手里的斧子，解开腰间的安全绳，上前两步，将阮千帆护在身后，不动声色地将绳索递到她手里。

阮千帆会意，但迟迟没有动作，好半天之后，她悄悄蹲下身子，将安全绳扣在骆深腰间。

"纤纤……"陆景琛抬头，慢慢往前，眼底有深不可测的复杂情绪，"收手吧。"

苏清纤看到他的瞬间，仿若变了个人，小女孩看见恋人的娇羞与惊喜在她脸上次第盛开，她微微低着头，柔着嗓子喊："景琛，你来了……"

阮千帆在心里暗暗骂人，这苏清纤怕真的是精神有了问题。她转头看向陆景琛。

"何苦呢，纤纤？"陆景琛皱着眉头，眼底有隐隐的苦涩。

苏清纤自小喜欢陆景琛，这是众所周知的事情，陆景琛也知道。

苏家和陆家向来交好，陆家父母也嘱咐大几岁的陆景琛照顾苏清纤，那时候的苏清纤只是个娇俏可爱的小女孩，陆景琛也就把她当妹妹一样看待。

后来苏清纤试探性地跟陆景琛表白过，陆景琛也明白地回复了自己只把她当妹妹，苏清纤并没有说什么还是和往常一样时常来找他，看见他就开心。只是这种喜欢渐渐变成了占有欲，早在几年前陆景琛进入警队忙于工作的时候，她也每每守在门外等他下班，甚至时常会故意让自己受伤生病，以此逼陆景琛来看她。

渐渐地，苏清纤的行为越来越怪异，平日里稍微与陆景琛走得近的异性同事，都会时不时地接到恐吓电话，或是收到恐怖快递。

跟踪、恐吓、威胁……诸如此类的恶作剧，都是苏清纤惯用的伎俩。

陆景琛隐隐感觉她精神状况不大对，联系了在国外定居的苏家父母，说明了苏清纤的情况，同时也安排好苏清纤回父母身边检查的行程。

万万没想到，当时陆景琛正在调查"判官"案，追捕嫌犯到闹市，遇上在街上闲逛的苏清纤，她吵着脚痛非缠着他送她回去，可那时候正是追捕凶犯的关键时刻，所以任凭她怎么哭闹撒野，他也没有松口。

而后，在半途中，他便接到苏清纤搭乘的出租车从桥上意外坠落的消息。

……

那阵子，延江市接连发生三起自杀案：虐童园长、害死好友的学生、包庇凶手引发连环凶案的年轻妈妈，这些人在自杀前，无一例外都收到过同周毅案中一模一样的"判决短信"。

看似自杀的案件，背后却是自以为正义的"判官"组织预谋作案，他们在网络上操纵引导舆论，又恶意曝光当事人的个人信息，为人肉推波助澜，直至逼得对方自杀。

队里顺着网络这条线索查下去，最后查到的 IP 地址要么落在已过世却没来得及销户的老人头上，要么落在非法营业的黑网吧，根本查无可查。

人心惶惶之际，队里根本没有多余的精力追究一起车祸事故。

　　陆景琛结束任务赶到现场的时候，连苏清纤的尸体都没有见到，传言纷杂，有人说出租车根本没有刹车的迹象，摆明了直冲栏杆，有人说这又是一起"判官"所为的自杀案件。

　　陆景琛不顾侯队的劝阻，坚决要查明出租车坠江事故的前因后果，可种种迹象都表明，苏清纤与出租车司机吴某并没有交集，她和"判官"也没有任何关联。

　　直到陆景琛无意中翻到三线女影星抑郁身亡的旧新闻，联系到吴某生前曾在各网络平台力鼎该影星的事情，再查下去才发现吴某与该影星的兄妹关系，因为痛恨黑粉，他曾多次雇佣操纵水军扭转舆论，并以此为荣。

　　在知晓虐童事件后，吴某通过网络结识另外两名键盘侠，三个人一拍即合，引导舆论，披露受害人信息，以所谓的"判官"名义对涉事园长进行抨击与惩处，直至对方迫于压力自杀。

　　自此之后，三人联手又以同样的方式对娄甄等人进行网络攻击，成为对方自杀的直接诱因。直至妹妹抑郁自杀之后，吴某才认清自己的所作所为，他作为"判官"裁决的最后一名"罪犯"便是自己，只是苏清纤误打误撞上了那辆吴某用来自杀的出租车。

一场意外的车祸,成了"判官"案的重要突破口,顺着吴某的这条线,"判官"团伙中另外两个人很快也被捕归案。

案子了结,可苏清纤却搭上了一条性命。

陆景琛辞了职,这四年以来,他一直觉得是自己害了她。

"何苦?"原本还一脸娇俏害羞的苏清纤听到这句,脸色突变,她倒吸着冷气,像是心脏骤疼一般紧紧揿在心脏的位置,冲着他惨然一笑,"你说我何苦呢?"

"陆景琛,四年前那场车祸,你还记得吗?"

隔着横七竖八的液化气罐,她叹了口气,望向陆景琛的目光里,深深的指责和浓浓的眷恋矛盾地交织着:"如果不是你,我就不会落入'一号判官'自杀的那场车祸里。你后悔过吗?"

她眼底铺上薄薄的一层水雾:"有时候我在想,这可能是天意。你们都说'一号判官'他们可恶,自命'判官'妄自干预别人的生死,但是你们没有看到吗?那些自杀的,哪一个不该死?'二号判官'和'三号判官'救我的时候,你在哪里?你们所谓的'警队力量'在哪里?在忙着帮那些本来就该死的人查找所谓的凶手?"

"所以你就变成了'四号判官'？"陆景琛回望向她，声音悲戚。

"难道周毅不该死吗？"苏清纤低笑了两声，再仰起头的时候，脸上是满满的愤恨，她的语速快而尖锐，"陈含那么爱他，可是他呢，随随便便就放弃那么多年的感情。他该死！"

她叹一口气，又柔柔地望向陆景琛："你不会的，对不对？我就知道不管我是生是死，你都不会随便放弃我。景琛，我好高兴这四年你一直在寻找我，我偷偷躲起来，可是我从来没有离开过你。你刚辞职那段时间，我每天都提心吊胆，怕你喝多酒一时冲动就去寻死，又怕你无动于衷照常生活。我天天偷偷跟着，在你开车之前，都忍不住先去检查下车子，你酩酊大醉的时候，忍不住溜进去确认燃气有没有关好，甚至连你买的药都去偷偷查一查……"

像是想到什么甜蜜的往事，苏清纤光洁的脸上再次绽放笑容："我看着你从原来的住处搬出来，住进'味谷'，看着杜清野偷拍你的照片上传到网络上，我有好多次都去把那些照片撤了回来，可是喜欢你的人还是很多。"她嘟着嘴，像是在和男朋友闹别扭的小女生一般，带着柔柔的恨斜睨着陆景琛，"那些女孩子真讨厌啊，每次都打着吃饭的幌子偷偷看你，可是她们不知道，你只记得我。"

一直以一种旁观者的表情看她表演的阮千帆，终于忍不住被口水呛到。随着她发出的声响，转向她的苏清纤又即刻变脸，那一脸恨意让阮千帆忍不住打了个哆嗦。

苏清纤指着阮千帆，声音冰冷阴狠："可是为什么偏偏她不一样啊，陆景琛？她可以进你的房间，帮你剃须，替你选衣服！这原本都是只有我才能做的事情！你其实很讨厌她对不对？像个苍蝇一样围着你转，真的很讨厌呀！所以，我要帮你除掉她！除掉她，我就出来和你在一起，我们一起回加州，跟我爸爸妈妈住一起，他们那么喜欢你，我们一家人以后都在一起，好不好？"

陆景琛没有说话，但是垂在腿侧的拳头骤然收紧。他深深地闭了闭眼睛，他并不知道这四年，苏清纤会变得如此不可理喻和可怕。

见他不回复，苏清纤像是不可置信一般瞪着他，咬着唇冲他喊："陆景琛你说啊，说你只喜欢我！"

她情绪越发激动起来，拼命地摇头，碎发粘在脸上使她看起来像是陷入疯狂。她抬起蓄满泪水的双眼死死盯着陆景琛，握着打火机的手不断颤抖。

陆景琛顿住步子，慢慢退回到阮千帆身边，眼睛却依然盯着苏清纤，目光沉沉："纤纤，四年前的事情，是我……"

"陆景琛！"她整个人陷入崩溃的境地，弯着腰歇斯底里地打断他,"我耗费了那么多心思在你身上,陆景琛,你只能喜欢我!"

她忽地笑了,抬手将打火机举到面前:"那就一起死好了!"

"吧嗒"一声。

有微弱的火光从余光中闪过,阮千帆来不及反应,手腕一紧,整个人被陆景琛带入怀里,两个人从窗户跃下。

残存的意识里,依稀看到从正门闯入的人影,拼尽全力抱住苏清纤,他手臂上的疤痕刺眼。

尾声
TABICHUNFENGGENGMEIHAO

因为是你，我才知晓余生的意义。

阮千帆醒来的那天，天气晴朗，阳光透过白色的窗帘落下淡淡的光影，恍惚间有种盛夏的感觉，她浑身像散了架一样，抬手揉了揉太阳穴，额角有阵痛传来。

旁边的床上，骆深睡得深沉，她手腕上还缠着厚厚一层白色纱布，露在外面的一只腿打着石膏，上面被人用马克笔涂上乱七八糟的小人图案。

不用多想，阮千帆也猜得到出自谁的手笔，她深吸一口气，习惯性去摸手机：中午 11 点 42 分。

O.M 时装展的"地震"乌龙事件热度还未消退，满屏幕弹出来的都是关于这件事的报道，她随手点进去。

当晚时装展因为加入了新元素，为配合视觉效果，搭建T台时设计了小型升降台，而现场工作人员因为一时操作失误，不慎触碰控制台，随后造成升降台小幅度晃动，导致投射至大屏幕的现场镜头设备受到影响，产生视觉上的错觉。而当时处在台末的工作人员情急之下才误以为发生了地震，叫喊出声之后加上心理暗示引发一系列连锁反应，造成现场恐慌事故。

评论里多的是网友的各种脑洞调侃。

阮千帆按了按眉心。

有人推门而入，满脸惊喜："哎，阮阮，阮阮！你醒啦！"

杜清野急急忙忙将手里的水果放在桌子上，语气浮夸："我跟你说，你要是再不醒的话，景琛可就要过劳死了！"

"哎，那天也真是多亏了楼下的泳池，"杜清野忙着感叹，"不然可就不是骨折这么简单了！亏得景琛身体底子好，恢复得快些，你是不知道，他还没好利索，这几天动不动就往你这边跑，明明医生都说了没什么……"

阮千帆实在没有耐心听杜清野唠叨下去，开口打断："他人呢？"

"呃……"杜清野的脸色僵了僵，语气也沉了下来，"阮阮，今天是清纤和阿飞的葬礼。"

阮千帆皱了皱眉，掀开被子。

车子加速前行,窗外景色迅速后退。

杜清野别过头瞥一眼身旁的人:"哎,阮阮,你这不是给我找骂吗?景琛早上走之前还特意叮嘱我照看好你,你这才刚醒,我就带着你颠簸,等会儿过去,我非得被打死不可!"

阮千帆斜靠着后座,一动不动地盯着窗外,没有接话。

隔了一会儿,杜清野又开始絮絮叨叨地说着。

"其实早应该猜到凶手是苏清纤,对于四年前的事情最清楚的,除了队里几个人,也就只剩她了。而且啊,你是不知道,她占有欲太强。"

他开始说起以前的事情:"景琛还在警队的时候,她就看他看得特别严,景琛出什么任务、见什么人、什么时候回去,她都要问个清楚。跟景琛走得近的异性,基本上都有过被她恐吓之类的经历,不过也没出过大问题。我那时候也只是觉得,她爸爸妈妈常年不在家,她太没有安全感,所以才会整日缠着景琛。

"只是没想到,这些年过去,她竟然会冲动得走到动手杀人这一步,真的太偏激了。

"四年前苏清纤出事的那一次,我和景琛一起出任务,当时正是追捕嫌犯的关键时刻,换作是任何一个人,都不可能为了送一个无理取闹的小女生回家而放弃追嫌犯啊，你说对不对？"

杜清野打一把方向盘，别过头看了阮千帆一眼："哪能想到她乘坐的那辆出租车就出了事呢？

"当时并没有打捞到她的尸体，景琛总还抱着希望，十几米深的水，他眉头都不皱一下，脱了衣服就往里边跳，没日没夜地调查，包括后来打捞上来的残骸，他一遍又一遍地翻，可是有什么用呢？下游水急，尸体被冲走的可能性太大了，所有人都断定出租车司机和苏清纤已经死了。

"而且如果她真的还活着，整整四年，怎么可能不出现？哪里会想到她躲在暗处监视景琛？

"她总怕景琛忘了她，但她心里比谁都清楚，即便陆景琛为她愧疚多年，也永远都不可能是爱情。"

杜清野深深叹一口气："可怜了阿飞，那么老实一个人，竟然暗中帮着清纤做那么多事情，明明知道她爱的是景琛，却总还是盼着她能回头，连最后爆炸的紧要关头，都还冲过去护着她！"

杜清野想起爆炸事故中检测出的阿飞的DNA，以及后来搜查到的一些阿飞的日记。

他垂了眼，感叹："爱情啊！"

车子转过弯，在墓园门口停下。杜清野帮阮千帆打开车门:"阮阮,你自己进去吧,我去阿飞那边看看!"

墓园里寂静一片,树木成荫,偶尔有不知名的小虫发出轻微的声响,阮千帆慢悠悠地往前走,踩碎脚下的树叶。

"苏叔,阿姨……"

熟悉的声音伴随着空旷的风声落进阮千帆耳朵里,再往前走,看到了陆景琛黑色的后脑,他手臂尚未痊愈,还缠着白色的绷带。

他背对着她,站在一对夫妇面前,躬了躬身子,郑重而悲恸:"清纤的事情,对不起。"

墓碑上黑白照片里的女孩子,笑得眉眼弯弯,甜美温和的模样。

两个老人一夜之间白了头,眼眶中蒙着一层水汽,许久,苏爸抬手,轻轻拍了拍陆景琛的肩膀。

道歉的是陆景琛,可说到底,他们又能怪他什么呢?

怪他四年前执行任务的半途中没有送逛街累了的苏清纤回家,还是怪他四年后没有陪已经魔怔的苏清纤一起去死?

女儿走到这一步,苏爸苏妈比谁都清楚,这与他们脱不了干系,他们沉迷于工作,对她缺乏照顾与关爱,对她的纵容,诸如此类种种,又何尝不是害死苏清纤的元凶?

苏妈抹了抹眼角，用力握了握陆景琛的手，点了点头，转身离开。

陆景琛站在原地，一动不动，挺立的肩膀微微松垮下来。直到阮千帆慢慢地走过去。

她嘴角还有瘀青，连带着整张脸都有些浮肿，左脚踝贴着药，整个人看上去还有些狼狈，可他侧过头看她的时候，目光渐渐柔了下来。

她张了张嘴，最终什么也没有说，只是默默地握住他的手。

头顶正是万里晴空，有飞机轰鸣而过。

所有的爱与不爱，早在最开始就已经写定，那些蹉跎狼狈的岁月成就每个人的伏笔，而后青丝白发，薄酒清茶。

因为路过太多不堪的风景，才更当知晓余生的意义。

番外一

这年头,狗粮也能吸粉。

阮千帆觉得自己最近好像胖了不少,还是说荣升餐厅老板娘之后,体重都是要先占下优势的?

她瞥一眼电脑右下角,17点30分,准点下班,完美!

"阮阮,阮阮!"

阮千帆刚拎起包从座位上起来,就看到骆深风风火火地冲进来,喘着粗气又神秘地压低了声音:"别出去,外面有……"

歹徒?劫匪?

阮千帆随手从办公桌上抓起一把美工刀,下意识扯过骆深推到自己身后,一副随时准备战斗的模样,她这两年的跆拳道课程也是时候派上用场了。

"扑哧……"

骆深被她这副架势给逗得笑出声来,这姑娘,跟了陆景琛以后还真的把自己当作全能女战士了啊?

骆深拨开阮千帆的手,从她身后钻出来:"不是不是,外面是有……"

话还没说完,办公室门又被推开,杜清野弓着身子鬼鬼祟祟地钻进来,一抬头撞见刚刚直起身子的骆深,两个人各朝着对方翻了一个白眼,杜清野这才回过头来一本正经地盯着阮千帆:"阮阮,我对不起你,外边有……"

外边有什么你倒是说啊,一个两个的都是怎么回事!

阮千帆憋着一口气简直快要被这两个人给急死,她抬手朝着杜清野后脑勺拍了一巴掌:"别装神弄鬼的,我要回去吃饭了!"说完抬脚就走。

衣角却被后边两个人齐齐拽住,杜清野一脸英勇赴死的模样:"有记者!"

阮千帆一下子就停在了原地。

延江市最近太平一片,杜清野闲得发慌,于是铆足了劲儿经营"味谷",各种网络平台更是丝毫不肯放过,微博粉丝飞速上涨,大有超过700万的架势,自从一再接受"阮陆"牌狗粮之后,他索性一改偷拍陆景琛的作案手法,换成偷拍"阮陆"夫妇日常，然后暗戳戳地上传至微博，意外发现这年头，狗粮也能吸粉。

好几个小视频接连上过热搜之后，除却有无数商业广告找上门来以外，竟然也有不少自媒体找过来谈合作，再之后也有一些小型节目希望能针对"阮陆"夫妇做一期采访专栏，根据后期节目效果考虑其他发展。

阮千帆自然是不可能答应的。

可是，杜清野又不想放过这么大好的机会，于是暗戳戳地跟对方约好，指定时间里去"味谷"拍摄餐厅一整天的日常，借这个由头对当事人采访一些问题，全程由杜清野自己负责接待等事宜。

结果没想到，对方从约定前一天下午就开始有了行动，从"味谷"竟然跟了一路。

杜清野看着阮千帆要杀人的眼神，默默地后退了几步，自觉捏住耳垂，将脑袋递到她手边："这次是我错了，我愿意献上你和老板最喜欢蹂躏的，我最宝贵最帅气最放荡不羁爱自由的——乌黑秀发，供您享用五秒钟！"

"不好意思，打断一下，您老基因突变长了一头棕毛儿！"

骆深从旁边插上一句话，顺便替阮千帆狠狠地揉了一把他的脑袋："不作死就不会死！"

杜清野也顾不得再跟骆深计较，灰溜溜地边朝外探头，边扯着阮千帆悄摸摸往外走，走到大厅里转角的时候，一个没留神撞了人。

"清野，你什么时候可以不这么猥琐？"

陆景琛站在他面前，身姿端正挺拔，仿佛捧着摄像机跟在外面的一小队人根本不存在一样，相比之下杜清野弓着身子，缩头缩尾的模样可真的是猥琐得有些过了头。

阮千帆受他影响，也不自觉有些弯了身子，这会儿见到陆景琛，轻咳两声默默地重新挺直了腰杆。

陆景琛将她的小动作尽收眼底，别过脸弯了弯嘴角，然后伸手揽住她的肩膀，自然地将她拽到自己身边："名正言顺，有什么见不得人的，躲什么？"

两个人并肩而立的样子，羡煞一旁路人。

于是，杜清野从猥琐的人变成了猥琐的单身狗，他望着已经走到门口的两道身影，心里一阵拔凉。

不过，好在陆景琛没有因为节目的事骂他。

杜清野想了想，他的餐厅事业如今可是如火如荼啊，如果这次节目效果好，又会有一大堆钞票满天飞，是时候展开他的连锁餐厅计划了！

那句话怎么说来着，要么给我很多爱，要么给我很多钱。

虽然他是单身狗，但这并不妨碍他发家致富坐拥天下，他也是有追求的富豪单身狗！

这么想着，杜清野心情又好了起来。

"哦，对，差点忘了，杜清野，你私自替我约节目组的事情，"已经走到门口的陆景琛，看着不停摆弄机器的摄像大叔，又忽然回过头来看一眼杜清野，"这笔账留着回去跟你算，建议你提前做好心理准备。"

不轻不重的一句话，杜清野却觉得自己仿佛被雷劈过。

还能给单身狗留条活路吗？

"陆先生，其实我们就是想简单地跟拍一下你们的日常，"摄影大叔旁边的女生看到杜清野黑着的脸色，站出来替他说话，"不会影响你们的正常工作和生活，你们就当我们这些人都不存在好了。"

陆景琛一步没停，带着阮千帆两个人一路径直朝着车子方向走过去。

喵喵喵？

所以就真的当他们不存在了？

被抛弃下来的流浪单身狗，于是可怜兮兮地上了工作人员的车子，一路紧紧跟着追到"味谷"去，生怕晚一步被赶出家门。

"陆先生……"

陆景琛依然没有回头,自顾自接过阮千帆手里的大衣挂在旁边,然后走到饮水机旁边顿了顿。

旁边的工作人员眼巴巴地望着他手边的一次性杯子。

陆景琛接了水转个弯递到阮千帆手边。

"陆先生……"

镜头刚刚扫过两人靠近的动作,只等着捕捉高糖画面,可阮千帆看了一眼镜头,有些不自在地转身就要上楼。

"陆先生,"工作人员无奈狂刷存在感,只好将镜头对准陆景琛,"之前看到过许多关于你侦破案件的报道,餐厅也打理得井井有条,又曾出任知名时装展模特,在网络上也有相当高的人气,有什么心得可以分享下吗?"

陆景琛喝了一口水,看了眼杜清野,没有说话。

"呃……大家也都很好奇,在遇见阮小姐之前,你有没有过别的感情经历,或者是有女神之类的人选存在呢?"

"那,网上都在传你和阮小姐堪称撒狗粮专业户,大家也都想知道感情怎样一直保鲜呢?"

一旁的工作人员继续尬聊,眼看着陆景琛一言不发的样子,急得满头大汗,原本想提前一天过来多了解一些信息,却不料被当事人这么晾着。

"好，除了大家所知晓的这些以外，全才网红胡子大叔还有没有什么别的我们都不知道的技能呢？"

哪怕回答一个问题也好啊。

工作人员只好向杜清野示意，杜清野觍着脸在陆景琛耳边压低了声音嘀咕几句。

陆景琛看着正上楼的阮千帆，回头随意扫了一眼工作人员："你们听说过召唤神灵吗？"

"陆先生是说通过符咒来召唤式神那种魔术吗？"对方立马很配合地将话题提升神秘度，表现出极大的兴趣，"要现场表演下吗？"

陆景琛笑，转头对着楼梯："千帆！"

阮千帆下意识地回头。

"女神。"

陆景琛冲着工作人员指了指阮千帆的方向，然后兀自起身，三两步迈上楼梯，牵住阮千帆的手上了楼。

众人："……"

网红大人撩妹手段有点冷是怎么回事？

番外二

TABICHUNFENGGENGMEIHAO

乱入的"小心心"。

是这样的,这个故事才刚开头的时候,我和子非鱼心血来潮,商量着要写一个番外,让我们两本书的主角互相串一下戏,于是就有了以下内容——

注:慕司琛、苏檬、宋漾,出自子非鱼文《喂,给你我的小心心》。

"味谷"餐厅最近出了新的招牌菜,每日限量十份,消息刚刚推出去,餐厅就差点被人挤爆,倒不是新菜式品相如何,主要亮点在于——

老板亲自下厨!

阮千帆躺坐在吧台座位上,看着满眼金光的杜清野喜滋滋地哼着小曲儿,一边点账,一边暗戳戳地将两张毛爷爷塞进了衣兜,还装作一副什么都没有发生过的样子。

"杜清野!"

听见阮千帆的声音,杜清野僵了一下,扭过头来满脸堆笑扮无辜,阮千帆忍着笑也没有戳破他,轻咳了一声,还没来得及开口,杜清野瞥一眼旁边空空的杯子,立马露出一副"我懂"的样子,自觉地添满了橙汁,又识相地站在阮千帆身后认真地按摩着肩膀,还不忘贴心地根据客户反馈意见调整手下力度,不一会儿见旁边的橙汁见底,又立马去续杯。

阮千帆双肩放松,以极享受的姿势靠坐在躺椅上,略一抬头,隔着玻璃就可以看见在后厨忙活的陆景琛:

他耳侧头发剪得极短,侧脸轮廓分明,炽白的灯光从头顶落下来,衬得整个人越发凌厉,额角偶尔沁出的汗珠又给整个人平添了几分烟火气息。

阮千帆点了点头,毫不忌讳地继续盯着里间看。

他穿黑色的T恤,隐约可见手臂上结实流畅的肌肉线条,配上米白色的细格子围裙,莫名有些反差萌。

这个样子的陆景琛,对外面的一大批少女,绝对是致命暴击啊!

　　喝着橙汁享受按摩,又能占据最佳地理位置垂涎美色,阮千帆满意地勾了勾嘴角,再回头去看一眼杜清野,他出的老板亲自下厨这个主意,也是有值得赞扬的点的嘛!

　　可是下一秒,她立马沉了脸。

　　前边有几个女生,不满足于得到新菜式,还不死心地想要一睹老板做菜的风采。这也就算了,可问题是她们将她的视线挡了个严严实实,这让老板娘的威严何在?

　　陆景琛开了门出来,一眼就看到享受着杜清野一级按摩服务的阮千帆皱着个眉头:"怎么了这是?"

　　阮千帆板着脸没有说话,陆景琛顺着她的视线过去,落到捧着餐盘一边议论一边花痴的几个女孩子身上,很快便明白了事情的缘由。

　　他了然一笑,俯下身子:"菜是她们的,老板和餐厅都是你的,这还有什么好生气的?"

　　"啊啊啊!"阮千帆还没来得及出声,杜清野倒像被人踩了尾巴,用力捂住耳朵,"再说一遍,我不属狗,拒接狗粮!"

　　"狗粮?你看见我的狗了吗?白色的!叫……"

　　"杜清野?"

杜清野盯着一前一后匆匆跑进来的两个女孩子,一张老脸被气得通红,凭什么啊,他一身正气大公无私帅气无比的人民警察,要被这一圈人这么欺负,还有没有王法了?

"狗狗狗,你们这群人……"杜清野伸手将身边几个人指了个遍,憋了好半天也没想出一句可以绝地反击的话出来,"我算是看透你们了……"

阮千帆看着杜清野的样子,不厚道地笑出了猪叫声,陆景琛也别过头去没忍住勾了勾嘴角。

"真的是杜清野啊?"

宋漾看着杜清野手舞足蹈的样子,更加确认自己没有认错人,跟着笑了两声之后,拍了拍苏檬的肩膀,用下巴指了指杜清野的方向。

苏檬立马会意:"哎哎哎,我知道我知道,就是那个上过法制节目的……很有特色的人民警察嘛!"

她实在没好意思把慕司琛对他评价的"贱兮兮"那三个字说出来。

杜清野当然不知道苏檬顿了那一下的原因,只听到对方评价自己"很有特色",心情一下子就好了一大半。

"我就说嘛,"他将旁边的苏檬和宋漾当成了自己的小迷妹,这会儿有些得意,"这个世界上总有人是在等着我的!"

"是阎王吗？"

陆景琛毫不留情地补了一句。

眼看着杜清野的脸色重新要垮下来，宋漾急急忙忙补回去："玩笑玩笑，不要介意，人民警察还是很优秀的，就像狗狗是人类的好朋友一样，我们大家都……"

咦，好像，说错了话？

不好意思，原谅她每次看到杜清野，都不由自主地联想到二哈。

宋漾看着杜清野越来越黑的脸，只好默默地收声捅了捅苏檬求救场，于是苏檬很快地接过话："对对对，我一直都很崇拜人民警察的，英勇善良、帅气伟岸、风度翩翩……"

苏檬搜肠刮肚把所有能想到的词都搬了出来，哄得杜清野心情好了那么一点，才抛出自己的终极目的："所以，你能帮我找下狗吗？叫飒飒，就是一只白色的，脖子上挂着……"

嗯？为什么非要杜清野帮忙找狗？

大概是蠢萌同类之间气场相符便于沟通吧？

杜清野神色复杂，心里的怒火已经烧不出来，实在是有些崩溃，好久才无比颓败地从兜里摸出两张毛爷爷。

"我不就是多拿了二百块钱吗？"杜清野有些委屈巴巴，"我忙前忙后帮你倒橙汁，又按摩，每天还要负责承受狗粮暴击，今天还被你们这一群人戏弄，劳务费加精神损失费都一大笔了，现在二百块都不给我？"

"呵，女人的钱你都拿！"

大门被人推开，慕司琛从门口走进来，满脸傲娇地瞥一眼杜清野，满是嘲讽的语气："算什么男人？"

"你……"

他都到这个地步了，为什么还是不能被放过啊？

杜清野捏着两张钞票在手里，收也不是，不收也不是。

天哪，他今天出门绝逼没看皇历吧，接连遭遇暴击的感觉可真是酸爽，这个世界到底怎么了，他造了什么孽，简直世不容他清爷！

杜清野还没反击回去，对方三两步就已经跨了过来，挑剔的目光环视一周后，伸手捏着菜单的一角掀开，极其厌恶地挑了挑眉："我可是暮光集团的总裁，就这种低端的餐厅怎么配得上我的身份。苏檬，你的智商是被飒飒吃了吗，所以才会觉得它的品位跟你一样，会自降身价来这种地方？"

这句话一出，杜清野的脸色完全垮掉。

是可忍孰不可忍，黑他就算了，连他的"味谷"也敢黑？

眼看着杜清野要爹毛,苏檬和宋漾一个箭步冲上去,一人按住慕司琛一边肩膀,捂住他的嘴巴:"好好好,慕总您先息怒!"

祖宗啊,咱不惹事行吗?

苏檬尴尬地朝杜清野笑了两声。

"就是因为飒飒不愿自降身价,所以才会弃暗投明。"陆景琛轻飘飘地接一句。

"你说什么?"慕司琛眉头一紧,扒拉开桎梏自己的两只手,视线锁定站在旁边的陆景琛身上,"你是什么身份?敢用这种语气跟我说话?想我当年打下暮光的时候你还不知道……"

"飒飒!"后者回头朝餐厅内间喊一句。

一只雪白的小狗晃着尾巴欢欢喜喜地跑出来,绕着苏檬的脚下转了一个圈。慕司琛脸色阴沉了几分,飒飒绕弯圈子看了慕司琛一眼,又掉头跑去他脚边嗅了嗅。

慕司琛挑眉,正朝陆景琛得意一笑。

忽地,表情有些僵。鞋里仿佛有一阵暖流而过,湿漉漉的触感这是怎么回事?

三秒钟之后,"味谷"里传出一声嘶吼……

(子非鱼最新欢脱新作《喂,给你我的小心心》,即将上市,敬请关注)

小花阅读
【为你着迷】系列介绍

《摸摸头，别哭了》 ▼
狸子小姐 著

四个闺蜜 | 治愈爱情
厚脸皮海归公子哥 VS 强势总裁未婚妻

有爱片段简读：

江褚忽然一翻身将尹素素压在身下，眼神直勾勾地看着尹素素，语气坚定："尹素素，那我要是真的喜欢你呢？"

尹素素轻笑一声，根本没放心上："不可能的。"

像是为了要证明一般，江褚直接低头吻向尹素素的唇，尹素素本能地想要推开他，但是江褚没有给她这个机会，甚至吻得更深，渐渐地连尹素素也沉溺其中。

结束的时候，大家都有些尴尬，尹素素红着脸一脸喝了好几口酒，才算平复下来。

"江褚，刚才——"

"尹素素，我喜欢你。"

突如其来的告白让尹素素一时间不知道应该怎么去回应，沉默了半点，才说："可我喜欢的是薄言。"

"不能改吗？"

《他比春风更美好》 ▼
森木岛屿 著

都市悬爱 | 男强女强
不服输小姐 VS 网红店 CEO

有爱片段简读：

"陆景琛，你是个有责任心的好人，也不是靠只会刷脸才维生的那种花瓶。"她每次提到这件事情的时候，似乎都害怕他一走了之，所以下意识伸手拽住他的衣角。

陆景琛注意到她的小动作，不自觉轻笑了一下，等着她的后话。

"所以，O.M 的时装展，你会去做主模的吧？"

只是没有想到，她的话题最后还是落到了工作上。像只狡黠的狐狸，没有留给他拒绝的余地，阮千帆踩着八厘米的高跟"噔噔噔"迅速溜走。

陆景琛望着门口的方向，嘴角的笑意逐渐加深。

原来，这个家伙也有不那么强势又一本正经的时候。

《原来他也喜欢我》
晚乔 著

冤家路窄 | 海上奇缘
冰山男大副 | 正义小记者

有爱片段简读:

他只是闭着眼睛,静静地听。

而池渝就托着腮坐在一边看他。

其实,他睡着也好,只有他睡着,她才敢这样看他。

看着看着,她皱了眉头,捂了捂心口。说起来也真是没出息,但只要看着他,她的心脏就不大对劲了。胸腔里,它一下往上跳一下往下跳,一下往前跳一下往后跳,一下往左跳一下往右跳,一点儿都不规律。

糟糕。

池渝想,原来只是有点儿喜欢,可现在,好像越来越喜欢了。

《听你说,你愿意》
鹿拾尔 著

警校恋人 | 陈年冤案 |
小心翼翼再度靠近 | 嫁给我,好吗

有爱片段简读:

她放松身体,轻轻把头靠在向沉誉肩膀上。她本有些嫌弃这么重的酒味,可突然又觉得,因为是向沉誉,所以这味道也变得好闻起来了。

"等案子结束后,你有什么打算?"她随口问。

向沉誉不假思索:"结婚。"

辛梔笑了一声,故意问:"和谁?"

向沉誉熟稔地牵住她的手,与她十指相扣:"和一个明知故问的人。"

她脑子里漫无边际,想到哪就问:"那结婚了之后呢?"

向沉誉依然闭着眼,嘴角却满足地微微一挑:"阿梔,为我生一个孩子。"

辛梔有些愣,她之前从未想过这个问题,老半天才说:"那……你喜欢男孩还是女孩?"

向沉誉脸上的笑容更深,低沉的嗓音像在呢喃:"只要像你。"

图书在版编目（ＣＩＰ）数据

他比春风更美好 / 森木岛屿著. -- 贵阳：贵州人民出版社, 2018.4（2021.4重印）
ISBN 978-7-221-09894-8

Ⅰ. ①他… Ⅱ. ①森… Ⅲ. ①长篇小说-中国-当代 Ⅳ. ①I247.5

中国版本图书馆CIP数据核字(2018)第056813号

他比春风更美好

森木岛屿 / 著

出版人：	苏 桦
出版统筹：	陈继光
选题策划：	大鱼文化
责任编辑：	唐 博
特约编辑：	雪 人
装帧设计：	刘 艳　孙欣瑞
封面绘制：	舟蒲麦
出版发行：	贵州人民出版社（贵阳市观山湖区会展东路SOHO办公区A座505081）
印　　刷：	北京时尚印佳彩色印刷有限公司
开　　本：	880×1230毫米 1/32
字　　数：	146千字
印　　张：	9.125
版　　次：	2018年4月第1版
印　　次：	2018年4月第1次印刷 2021年4月第2次印刷
书　　号：	ISBN 978-7-221-09894-8
定　　价：	45.80元

版权所有　盗版必究。举报电话：策划部0851-86828640
本书如有印装问题，请与印刷厂联系调换。联系电话：0731-82755298